JN110258
※闇の住人とは
やみ‐の‐じゅうにん【闇の住人】㊔
①裏社会で生きる人間のこと。暗殺者・殺し屋等。
②自らを闇属性と自称する人間のこと。一般的には「中二病」とも呼ばれる。

「『星竜の涙（ミーティア）』――!!」

一筋の光線が
点々と輝く星々の間を
突っ切るように
夜空を駆け抜けた。

（バ、バカな……。
まさかこの女は、天体をも操る能力を
持っているというのか⁉）

「殺すんですか？
殺そうとするんですか？
あの時みたいに」
「あの時……？」

「ねえ？　『黒猫（ブラックキャット）』さん」
＋咬狛九十九＋
紅音の親友にして、中二語の理解者。空回る紅音をさりげなくサポートしてくれる。しかしその正体は――。
「……やはり、お前も裏社会（こちら側）の人間か！」

二人の顔に焦りはない。
今この瞬間、二人の頭の中に
あるのは……――、
✝竜姫紅音✝
中二病の少女。世界の寵愛を受ける超越者・レッドドラゴンを自称する。中二病の皮で強がってはいるが、実際は気弱で恥ずかしがり屋。

世界で活躍する殺し屋・コードネーム黒猫（ブラックキャット）。正体不明の最強の殺し屋・紅竜（レッドドラゴン）を調査・暗殺するため彩鳳高校に潜入することに。
+黒木猫丸+
((俺(私)達が一位を取る！))
頂点、たったそれだけである。

DRAGON
CAT
DOG
tonari no seki no chu2byo ga,
ore nokoto wo
"yami wo ikirumono yo" to
yonde kuru

もくじ【目次】

隣の席の中二病が、俺のことを『闇を生きる者よ』と呼んでくる2

海山蒼介

角川スニーカー文庫

23681

＋プロローグ＋

涼風が靡（なび）き、散り尽くした桜の葉を僅かに揺らす。

今日も一日、笑顔や憂鬱の表情を浮かべながら多くの少年少女達が校門を潜（くぐ）り、玄関のガラスドアを続々と開けていく中。

朝日の射（さ）すとある一室。薄暗闇に包まれながら、顔に傷のある老人と前髪で右眼（みぎめ）を隠した少年が言葉を交わしていた。

「――とまあ、互いに正体は知られていますが、牽制（けんせい）のし合いによる膠着（こうちゃく）状態が続いているのが現状といったところ。しかし、いつ火蓋が切られてもおかしくないのもまた事実。こちらも任務遂行の為（ため）、確実に彼奴（きやつ）の首を獲（と）るのでご安心を」

「んー、よろしくー」

姿勢を正し、さながら一本の柱のように立って淡々と話す殺し屋『黒猫（ブラックキャット）』の黒木猫丸（くろきねこまる）に、ここ彩鳳（さいほう）高校の現場トップを象徴する漆黒のオフィスチェアにふんぞり返る男。この学校の校長にして元・殺し屋——鳳崎忠宗は手元に置かれたノートパソコンをカタカタと鳴らしながらなんとも軽い返事をした。

予想外の反応に猫丸が呆気に取られていると。

「随分と暢気ですね……。いいですか？　貴方の学校にあの伝説の殺し屋が紛れているんですよ？　もう少し真剣に捉えたらどうなんです？」

「そだねー」

（ダメだ……、てんで話を聞く気がない）

またしても軽い返事をする忠宗に思わず頭を抱えそうになる猫丸。

（ったく、親父といいこの人といい……。なんでこう能天気な……）

最強にして伝説の殺し屋『紅竜』が潜伏しているといわれる彩鳳高校。

その情報を父・寅彦から受け、紅竜暗殺という任務で一般の高校生を装い潜入した筈なのに、何故この大人達はこうも気楽で居られるのか。

これでは真面目に仕事に取り組んでいる自分が馬鹿馬鹿しく思えてしまう。

ただでさえ自分と同年代の一般人に紛れ、学校に通い、授業を受けるというこの平和ボケしたくだらない日々にはうんざりしているというのに。

（まあ、表社会の者達からすればコレが普通なんだろうが……）

いや、この生活はともかく、この学校が普通なのかと問われれば少し怪しい部類に入る。

校長が元・殺し屋という事もあってなのか、今日までここに通い、校舎の設備や備品を一通り調べてみた結果、色々と黒寄りのグレーな部分が多数あった。

例えば窓ガラス。この学校に使用されている窓という窓には超硬質の防弾ガラスが設置されており、蹴っても椅子をぶん投げてもヒビ一つ入らないようになっている。

（アレのせいで狙撃が一回失敗に終わっているからな……。ったく、余計な物を……）

もっとも、そのお陰で忠宗から言い渡された「隠密で」という条件を破らずに済んだのだが。

後は薬品。この学校に勤務している教員のどれだけが知っているのかは定かでないが、理科準備室や保健室に置かれている薬品の中に裏社会で取引されるような物がチラホラと見受けられた。

記憶を消す薬から失った四肢を再生させる秘薬まで。裏社会に長く精通してきた猫丸でなければ気付けない薬品が多数混在していたのだ。

（万が一教員が誤って使用でもしたら……とかは考えていないんだろうか？）

他にも、校舎を囲う塀の高さが建築基準法に違反してたりと、思わず頭を抱えそうになる点が続々と見付かったのだ。

流石に行政から指導が入るのではと聞いてみたところ、どうやらこの校長……過去に請け負ってきた仕事を脅しに各方面から見逃してもらっているという。

この男も大概だが、過去にこの男を――殺し屋を雇った事のある者が政府内に居るという事実に思わず呆れてしまう。

驚きはしない。どこの国もそんなものだと、猫丸はよく知っている。

表があれば裏もある。表あっての裏であり、裏あっての表。光なくして影はなく、影なくして光はない。分かってはいた事だが、それが世の理として存在しているのだ。

「それでどうだね？　ここでの生活には慣れてきたかな？」

「まあ、少しは……」

忠宗の質問に猫丸はつい微妙な返事をしてしまう。

初めての学校生活から三週間が過ぎようとしている今、表社会でかつ周りが自分と同年代という今までにない特殊な環境にもようやく適応してきたが、隣に座る標的には未だ驚かされるばかり。

おそらく一生慣れる事はないであろう彼女の顔を思い浮かべ、ハアーッと大きくため息を吐く猫丸を前に忠宗は「フム」と呟いた後。

「良好良好。……しかし、相変わらず裏の方では大騒ぎになっているみたいだぞ」

パソコンでとあるウェブページを開くなり、その画面を猫丸に見せ付ける。

「『元・黒虎（ブラックタイガー）：黒木寅彦氏が黒猫（ブラックキャット）の活動休止を発表』――転入から半月を過ぎた今でも様々な憶測が飛び交っている。怪我（けが）、不祥事、失踪説等々……。休止一つでここまで大々的に取り上げられたのは、白犬（ホワイトドッグ）以来かもしれんな」

「俺はもうとっくに死んでると思いますがね。あれからもう三年以上音沙汰ないですし」

推測を告げる猫丸に、忠宗はハハハと微笑し「どうだろうね」と返す。

すっかり余計な話をしてしまったと思った猫丸は壁に掛けられた時計を一瞥（いちべつ）し、

「俺はもう教室に戻りますよ。そろそろ予鈴が鳴るので」

「ああ。それじゃ、今日も一日楽しい学校生活を」

出入り口の扉へと振り返り、その背中を見送るように忠宗が小さく手を振った。

すると、猫丸は一瞬その足を止め、呆れた様子で忠宗の方を振り向くと。

「楽しむ事が目的じゃないですよ。ボケてるんですか？　こっちは仕事でここに居るんです。殺しの仕事でね」

「ハハハ、そうだったそうだった。うっかりしてたよ」

再び微笑する忠宗にやれやれとばかりにため息を吐き、猫丸はその場を後にするのであった。

第一章　その時、竜は猫に振る舞った

その日、二限目までの授業を終えた猫丸(ねこまる)達は彩鳳(さいほう)高校一階の家庭科室に集まっていた。

本日の三限と四限は調理実習。全員が制服の上にエプロン、頭には三角頭巾を着け、各々が決められた男女別のグループ毎(ごと)で机を囲んで待機していた。

「しっかしオメー、随分と面白(おもしれ)ェエプロンだな」

隣に並ぶ金髪が特徴的なクラスメイト・猿川陽太(さるかわようた)が、猫丸の姿を見ながらからかうように言った。

同じグループである陽太の友人二人も猫丸の格好を見てクスクスと笑う。

そんな彼らの反応を不愉快に思いつつ、猫丸は自身が身に纏(まと)っているエプロンの裾を掴(つか)み上げ。

「そんなに変か？」

「そりゃそうだろ。そーゆーのは小学生までだって決まってるつーの」

「そうか……。そうなんだな」

改めて告げられる陽太の言葉に猫丸はとりあえず納得の返事をするも、自身の胸元にプリントされた少年少女達の顔を見て僅かに表情を曇らせた。

猫丸が今着用しているエプロンは陽太達のような無地のデザインではなく、アニメキャラクターがプリントされたいわゆるキャラクターもの。

周りを見てみても確かに自分と同じようなものを着ている者は一人も居らず、どれも陽太達と同じ無地やチェック、水玉模様といったシンプルなデザインのものを着ている。

成程。こうして観察してみると、異物として紛れ込んでしまったような疎外感を感じる。

（エプロンの普通のラインなんて分からないしな……。親父も知らずにコレを持ってきたんだろうか……）

嬉々(きき)とした表情でそれを渡してきた寅彦(とらひこ)の顔を思い浮かべるなり、体の内に湧き上がるなんともいえぬ感情に比例して拳を握る力が増す猫丸。

まさか、表社会のファッションに疎い事がここにきて影響してくるとは。

友達を作る為の話題作りとして手渡されたが、こうして馬鹿にされるとは思ってもみなかった。

もっとも、猫丸にその意思はこれっぽちもなく、とにかく授業で使えればなんでもいいという想いであった。

（小学生まで……か）

今一度、自身のエプロンの中に居るキャラクターの顔を見ると、猫丸は少し複雑な心境を抱いた。

ただのキャラクターならどうでもいい。普段の生活の中でアニメや漫画といった娯楽に触れる事の無い猫丸にとって、プリントされたキャラクターなど居ても居なくても同じ。ただの背景に過ぎない。

しかし、今回ばかりは違った。

少なくともそこに存在する彼らは、猫丸にとって少なからず思い入れのある者達であった。

（いや、何くだらない事を考えているんだ。エプロンなんてどうでもいいだろう）

こんな事を一々気にする必要も無い。

どうせこれは今日一日しか着ないのだ。授業が終わればきっともう着用する時は訪れないだろう。

笑いたい奴が居るなら、好きなだけ笑わせておけばいい。

感情を整理し、考えが着地すると同時に猫丸は顔を上げると、陽太達の視線がいつの間にか自分から別の方へ向いている事に気付く。

「しっかし、ブレねェよなアイツも。俺、中学であのデザインのエプロン着てきた奴見たことねェんだけど」

「俺も俺も。ああいうのは小学生までだって、感覚的に気付いたもん」

「なんていうか……流石中二病よな」

猫丸も釣られるようにしてその方角を向くと、そこには彼がエプロンに住まうキャラクター以上に特別な想いを抱く少女が居た。

無論、恋愛的な意味ではない。

彼が抱くのは警戒心と敵意。そして混じり気のない殺意である。

（竜姫紅音（たつきあかね）……。いや、紅竜（レッドドラゴン）!!）

「フフン、どうだコマコマ！　この日の為（ため）に、冥府より封じられし我が秘蔵品を解放したのだ！」

「とってもお似合いですよ、紅音。私にはとても真似（まね）出来ない着こなしです」

相変わらず騒がしい話し声が嫌でも耳に入ってくる。

まるでそこが自分だけのステージかのように、哄笑（こうしょう）しながら観客であり友人である咬狛九十九（かみこまつくも）の前で自身の姿をお披露目（ひろめ）する紅音。

すると、こちらの視線に気付いたのか、紅音は嬉々とした表情でこちらに走り寄り。

「どうだブラックキャット？　我が自慢の戦闘装束(コスチューム)『七つの大罪』シリーズが一つ、『暴食の衣(ベルゼブブ)』は！」

お披露目会の続きとばかりに今度は猫丸の前で薄い胸を張り、さあ感想を言えと強要するようにそのエプロン姿を見せ付けた。

制服の上からその小さな体を包むのは、暗黒の闇の中で大きく口を開け紅蓮(ぐれん)の炎を吐く真紅のドラゴン。

その圧倒的な存在感は、正にそれを纏う彼女の化身そのものと言ってもいい。

しかしながら、一般には幼稚とも呼べるその格好に陽太をはじめとするクラスの者達は言葉を失ってしまう。

自分達の中に小学生が交じっているというこの現状。頭を抱える者も居れば、恥ずかしさのあまり目を逸(そ)らしてしまう者も居る中。

「ああ、素晴らしいな」

猫丸は彼らと対極の反応を、対極の答えを告げたのであった。

衝撃のあまり、思わず目を見開いてしまう紅音とクラスメイト達。

「ホ、ホント!?」

「ああ、やはり竜姫には敵わないな。俺の想像を軽く超えてくる。天晴れとしか言いようがない」

「そ、そうかな？　エヘヘ……」

少し恥ずかしくなってしまったのか、赤くなった頰を隠すように頭の赤い頭巾で顔を覆う紅音。

「マジかアイツ……。いやまあ、似たようなもん着てきてるから、もしかしたらとは思ってたけどよ」

「なんつーか、流石同類だよな」

「ほんっと、お似合いだわあの二人」

デートの時と同様、一見紅音のエプロン姿をべた褒めする猫丸に周囲のクラスメイト達は驚愕の反応を見せているが……。

（他の堅気の連中と同じ平凡な衣装ではなく、あえて逆の目立つ方を選択……。これも先日のデートの時と同様、『殺し屋は目立ってはいけない』という常識を逆手に取った手法！成程、外だけでなく学校でもそうするとは、なんという意識の高さ。やはり侮れん……）

最早当然……とでもいうべきか、周囲が想像する理由とは全く別の意味で猫丸は紅音の衣装を称賛していたのであった。

そんな事は露知らず、ゆるゆるになった精神を正すように紅音は大きく一つ咳払いを挟むと。

「！　ブラックキャット、それは……？」

「ん？　ああ、親父から受け取ってな」

ようやく猫丸の特異なエプロン姿に紅音が気付いた。

着用者が即答するのを皮切りに、二人の掛け合いは続いていき。

「成程、そなたの父君も中々良い眼をしている」

「どうだろうな。コイツのせいで笑いものになる始末だし。まあ今日しか着ないんだから、別にいいんだが」

「なんと！　一体どこの痴れ者だそいつは！　我が盟友を侮辱するとは、万死に値する！」

「なんでお前がキレてるんだ。頼むから余計な真似だけはしてくれるなよ。お前に暴れられると、天変地異は疎か幾千万もの命がこの世から散ってしまう」

「そ、そうだな。いかんいかん、私とした事が感情の制御を疎かにするとは……」

額の汗を腕で拭い、「危ない危ない」と呟きながら紅音がフーッと息を吐く。

標的の暴走を未然に防げた事に猫丸も安堵していると、自身が身に着けているエプロンにそっと手を添え。

「それに、個人的には悪い気もしなくもなくもないんだ。周りからはとやかく言われてしまっているが、不思議とコイツ自身にはそこまで苛立ちを覚えていない。何でだろうな……」

「！」

フッと笑いながらそう話した。

服の良し悪しなど全く分からない。どれがオシャレでどれがオシャレでないかなんて、今まで考えた事も無かった。

服なんて着られればなんでもいい。

仕事で着る服だって、実用性が有りかつその場所に適した物なら女物であろうとなんでもよかった。

エプロンもそう。これから行われる授業の正装としての役割を果たしているならそれで充分。デザインなんて二の次三の次にも入らない。

それなのに……、

（一体どうしたんだろうな、俺は。こんなものを気に入ってしまうなんて……）

どうでもいい筈なのに、これを手にした瞬間心が浮き立つような気持ちになった。

こんな事は生まれて初めてだ。

言葉では言い表せない感情に猫丸が浸っている中。

着用者の感想に紅音は仰天し、しばらく固まっていた後。

「さあな。しかし、これだけは言える……――」

猫丸の目を真っ直ぐに見詰め、その包帯が巻かれた右手の親指を突き立てながら、

「よく似合っているぞ、ブラックキャット！」

お返しにとばかりに、今度は紅音から猫丸のエプロン姿を褒め称えた。

一瞬、猫丸の表情が明るくなる。

しかし、つい先程まで笑われたばかりの当人はすぐにその顔を不審なものへと変え、ぶっきらぼうに返事して。

「フ、フン、おちょくっているようにしか聞こえんがな」

「何を言う。私は心の底から思った事を告げたまでだ」

紅音が即答する。

異心がまるで感じられない真っ直ぐな瞳で答える彼女に、猫丸は一瞬啞然としてしまい。

「本当に……似合っているのか？」

「ああ。念押しで言っておくが、これは世辞などではないぞ。これは私の本心。ただただ純粋に、私はそう思って告げたのだ」

その言葉に猫丸は思わず頬を緩ませる。

「そうか……似合っている、か」

ちゃんと想いが伝わった事に紅音は安堵すると、もう一度眼前に在るエプロンにプリントされた二人組のキャラクターに目を遣った。

そこに居たのは、先日エプロンの持ち主である猫丸と一緒に鑑賞した映画の登場人物達。

現在人気爆上がり中の『双炎のパラディン』のダブル主人公であるレインとリオの元気いっぱいの姿であった。

（私だけじゃなかったんだ……）

突如として胸が熱くなる紅音。

安心した。あの映画を、あのデートを心の底から楽しいと感じたのは自分だけじゃなかったんだ。

嬉しい。そのエプロンを好ましく思う程に、あの作品を気に入ってくれていたなんて。

そしてそれ程までに、猫丸にとってもあの時間を特別に感じてくれていたとは。

「フフッ」

「何を笑っている？」

「ああいや、その……貴様も私と同じだった事を嬉しく思ってな」

「同じ……？」

　紅音の言葉の意味がよく分からず、猫丸は首を傾（かし）げる。

　尚（なお）もクスクスと笑っている紅音に最初は陽太達のように馬鹿にしているのではと疑ったが、先程の感想もあってかすぐにその疑いは晴れた。

「紅音ー、そろそろ時間ですよー」

「あっ、うん！　……じゃなくて、そうか。では私は戻るとしよう。また逢（あ）おう、ブラックキャット！」

　九十九からの呼び声に従い、紅音は大きく猫丸に手を振った後、駆け足で自分の班のテーブルへと戻っていった。

　一方その頃、ずっと紅音の発言が引っ掛かっていた猫丸はというと……。

（同じ……。俺と紅竜（レッドドラゴン）が同じ……――ハッ！　そうか、そういう事か！　俺と奴（やつ）の今の服装は傍（はた）から見れば如何（いか）にも不自然極まりない異物そのもの……。つまり、奴と同様『目立ってはいけない』という殺し屋の常識を逆手に取っているという事！　奴が『同じ』と言ったのは、俺が奴と『同じステージに一歩進んだ』という暗喩。成程、親父はそれを気付かせる為にあえてこのエプロンを……）

間違った解釈で紅音の言葉を受け取り、この時もまた猫丸は勘違いを働かせるのであった。

ようやく授業開始のチャイムが鳴り、教科担任である女性教師が手をパンパンと叩きながら周囲の注目を集める。

「ハーイ！　それじゃあ早速、調理実習を始めていきたいと思いまーす」

教師の言葉に従い、日直が号令を掛け手順の説明が始まる。

今回猫丸達が作るのは三品。親子丼、みそ汁、ほうれん草の胡麻和えという定番中の定番である。

笑顔でホワイトボードに書かれた調理工程のおさらいをしつつ、軽く包丁やコンロといった調理器具や設備の注意喚起を促した後。

「――とまあ、こんな感じですかね。ここまでで何か質問などはありますか？」

「センセー、俺らんとこの班が一人休んじゃってんすけど、どうしたらいいっスかー？」

猫丸達の班を代表するように、陽太が挙手と共に質問すると。

「じゃあ、ここにある分量を一人分減らして作ってください。あっそうそう、先に作り終わった班は他の班が終わるまで待っていてあげてくださいね。最後は皆でいただきますをしましょ！」

返答するなり、教師は笑顔で猫丸達にそう告げた。

生徒側も「ハーイ」と口を揃えて返事をし、全ての準備が万端になった事を確認した教師は最後に両手を開いて。

「それじゃあ皆さん、始めてください！」

パンッ！　という合図と共に、全班が一斉に調理に取り掛かった。

「うっし。んじゃお前ら、よろしく頼むぞ」

この班のリーダーを務める陽太が猫丸達三人に言葉を送る。

「おーっし、やっか！」

「てか黒木、お前普段料理とかすんのかよ？」

「いや、ほとんど家の者に任せっきりだな」

同じ班の男子生徒からの質問に猫丸は即否定する。

これまでずっと海外を飛び回っていた猫丸にとって、料理とは正に未知数。

食事は基本外食かコンビニ、屋敷に居る時は専属のシェフが作ってくれる為、自ら手を触れた経験はほとんど皆無に等しかった。

ほとんど……。つまり全くではない。全くではないのだが……。

「だが問題ない。お前達の足を引っ張るような真似だけはしないさ」

「頼むぞ～？　マジで焦がすのだけは止めてくれよな」

「とりま最初は米よな。それがなきゃ話になんねーし」

「だな。俺が研いとくから、お前らは他の材料を準備してくれ」

陽太の指示に従い、全員で調理に取りかかる猫丸達。

この時、彼らは知る由もなかった。

この一時間後、人生初の死の淵を見る事になるとは……。


――という訳で一時間後。

「スゴーイ！　竜姫さん上手ー！」

「めっちゃ美味しそー！　ねぇ、もしよかったらウチの料理研究部に来ない？」

「ほう、この私をスカウトとは中々良い眼を持っているではないか。しかし残念だが、私は既に教団の一員でな。汝らの願いは叶えてやれん。すまない……」

（賑やかだな……）

盛り上がっている紅音達の班を遠くから眺めながら、猫丸は驚きと羨望の混じった想いを抱いていた。

既に料理が完成したのか、彼女達のテーブルには五人分の空の食器が並んでおり、後は盛り付けと洗い物のみとなっている。

作業の片手間に一から観察していたが、どうやらあの班は紅音がリーダーだったらしく、彼女が全体の指揮を執っていた。

それだけでなく、誰よりも率先して調理に取り組んでおり、ほとんど彼女一人で作っていたと言っても過言ではない。

（まさか料理も得意だったとはな。非の打ち所のない奴め……）

何か弱点はないものだろうか？　古文が苦手な事やコーヒーが飲めない事くらいしか今のところ摑めていないが、どれも暗殺の役に立ちそうにないものばかり。

もっと効果的なモノ……、例えば運動が苦手とか……。

いや、いくらなんでも殺し屋に限ってそれは……。

（待てよ？　そういえばあの時……）

これまでに摑んできた情報を整理しつつ、今後の作戦を立てる為の考えに耽っていた

――その時だった。

「なあ、なんか焦げ臭くね？」

同じ班員の男子生徒が突然ポツリと訊いてきた。

その問いに反応し、陽太が試しに鼻をひくつかせると、確かに鼻腔と喉の奥を刺激するような臭いがした。

「ホントだ。ったく、一体どこのバカが……」

悪態を吐きながら臭いの元を辿る陽太。すると、行き着いた先に居たのは……。

「ってオイ、黒木テメェ！　真っ黒になってんじゃねぇか！」

猫丸だった。

予想外も予想外。まさか同じ班のメンバーが臭いの元凶だったとは。

信じたくもない事実を受け止め、陽太はその黒煙の向こうに居る猫丸に向け怒号し始める。

「何やってんだよお前はよ！　これまさか親子丼の具か⁉　何でこんなになるまで火に掛けてんだ！」

「何でって、知らん奴から渡された食材なんて怪し過ぎて口に出来るか」

陽太の問い掛けに即答する猫丸。

それは猫丸の長年の裏社会生活で染み付いてしまった、殺し屋としての習性。

彼の中に刻まれた常識が、図らずも陽太達の足を引っ張る結果となってしまっていた。

「いや、用意したの教師なんですけど!?」

「分かっている。が、毒が仕込まれている可能性も無きにしも非ずだ。万が一にも備え、こうしてよく火を通しておけば……」

「いや別の毒出来てるって！　癌の素錬成させちゃってるって！」

「あっ！　なんか赤い光チラッと見えた！　ヤベェ、燃えてんぞコレ！」

本来の工程を無視し、常時強火で掛けられたそれは元の面影を残さず。黒煙を撒き、漆黒の鎧に炎を宿す暗黒物質へと変貌していた。

これ以上火に掛けるのはマズいと判断し、陽太が慌ててその発癌性物質をフライパンから剝がし一旦皿の上に盛る。

ぷすぷすと空気が抜けるような音を立てるそれを前に、陽太達三人は無言のまま固まっていると。

「ちょっ、黒木!?」

箸を手に持った猫丸がそれの一部を摘み取り、流れるような動作で口に運んだ。

ザクザクというまるで本来あるべき姿だったそれからは想像も出来ないような咀嚼音

を鳴らす姿に、陽太達が目を剥いたまま静かに見守る中。

「なんだ、大した事ないじゃないか」

ゴクリと一つ飲み込むなり、猫丸は如何にもあっさりとした感想を述べた。

更にもう一口頂くその姿を前に、陽太達は信じられないと言わんばかりに互いの目を見合わせ。

「え？　マジ……？」

「うっそ……」

「ちょ、俺らもいっとく？」

猫丸に続き、彼らもそれの一部を各々箸で摘むなり、一拍置いたのちに一斉に口へと入れた。

その隣で、目を瞑りながら二口目を咀嚼していた猫丸は、

（うん、前に仕事の潜入先で食った毒入りタランチュラのソテーに比べれば大した事ないな。流石にアレは酷かったな……。元の味も堪ったもんじゃなかったが、俺の潜入に気付いた奴の盛った毒がとにかく刺激的過ぎて。まあアレのお陰で大抵の毒に耐性は付いたが、これは一般人が口にすれば卒倒ものだろうな）

と、少し懐かしむようにその塊が砂利程の大きさになるまで咀嚼し続けた後。

飲み込むと同時に猫丸は閉じていた左眼を開いた。すると……、

「お、おい！　どうしたお前達！」

そこに映っていたのは、白い眼を剝きながら泡を吹き、顔から生気の抜け落ちた陽太達三人の無残な姿だった。

「まさか……」

「ど、どうしましたか⁉」

生徒達の異変に気付いた教師が慌てて三人の許に駆け寄ると、額を汗で濡らしながら猫丸の方を見遣り。

「黒木さん！　これは一体何が……？」

「さ、さあ？　何者かにより何らかの毒物が仕込まれたのでは？」

素っ惚ける猫丸。

どこか気まずそうに目線を逸らす彼の姿に、教師は胡乱な目を向けた。

「はあ……。ちなみにそこに置かれている産業廃棄物はなんですか？」

「何って、親子丼の具ですが」

その回答に教師は呆然としてしまう。

一体何をどうしたらこんな禍々しい物が生成出来るのか。

よく見てみると、その黒い物体には何やら手を付けられた形跡があり、教師は再び陽太達のぐったりした姿に目を遣ると、三人とも手に箸を持っている事に気付く。

そしてその瞬間、教師は全てを悟った。

「とりあえず、私はこの子達を保健室に連れていきます。すみませんが、手の空いている人は手伝ってください！」

「先生、俺は……？」

「今すぐその毒物を処理してください！」

そう言い残し、教師は数人の生徒を引き連れ、陽太達三人を家庭科室の外へと運んでいった。

一人その場に残されてしまった猫丸は自身が生み出した産業廃棄物もとい、毒物と認定されてしまったそれを一瞥し。

「やはり、俺には向いてなかったのだろうか……」

小さくそう呟きながら皿を手に取り、教師に言われた通り近くに置かれていたゴミ箱に投棄した。

自分に料理は向いていない。それは他でもない猫丸が一番理解していた。

まだ幼い頃、一度だけ寅彦や豹真達に手料理を振る舞った事がある。

すると先程の陽太達同様、それを口にした全員が悶え苦しみ、続々と泡を吹きながら倒れていった。

父曰く、あの時は初めて愛する息子に毒を盛られたのかと勘違いする程だったとの事。

それ以来、猫丸は今まで一度たりともキッチンに立った事がない。

また父親達を傷付けたくない。そして何より、これ以上自分の弱点を周囲に悟られたくない。

そんなトラウマのようなものが猫丸の中に深く刻み込まれ、根付いていたのだ。

もういい。このまま片付けに入ろう——と、そう思った時だった。

「フン、哀れだなブラックキャット」

突然、近くから聞き馴染みのある声が飛んできた。

振り返ると、そこには声の主と思われる体にドラゴンを棲まわせた生意気な少女がやれやれと言いたげな顔で佇んでいた。

「竜姫……、笑いに来たのか？」

「だったらまだ良かったのだがな。ハッキリ言って、今の貴様の姿はとても見るに堪えん」

「ならとっとと自分の班に戻ればいいだろう」

素っ気なく返すと共に、背を向けそそくさと自分の班のテーブルへと戻っていく猫丸。

そんな彼の跡を追い、紅音は慌てて猫丸の前へと立ち塞がり。

「ちちち違うの！　そういう意味で言ったんじゃなくって……」

待ってほしいとばかりに両手で猫丸の胸を押さえる。

突然進行を阻んできた事に猫丸が首を傾げていると、紅音は一旦自分を落ち着かせる為
「ゴホン」と一つ咳払いし、

「その、あれだ！　助太刀に来てやったのだ！」

猫丸の目を真っ直ぐに見てそう告げた。

◇

ほとんどのグループが調理を終え、続々と洗い物や盛り付けに取り掛かろうとしていた頃。

「よしっ！　では早速取り掛かるとしよう！」

改めて気合を注入するように、紅音が頭巾をキツく締め、両腕の袖を捲った。

一方で、隣ですっかり戦意喪失していた猫丸はそんなやる気満々の彼女を見て。

「別にいいと言っているんだが……」

「何を言うか。貴様一人ではどうせまた悲惨な末路を辿るだけだろう。案ずるな、教師やコマコマ達からも許可は得ている。ノアの箱舟に乗ったつもりでいるがよい！」

そう言って、紅音はドンと自身の胸を叩いた。

しかしそれでも、猫丸は不審げな面持ちでいて……。

「言っておくが、俺はお前の事を信用していないからな。前にお前が渡してきたクラーケンとかいう物体。あれタコ型に成形した、ただのウィンナーだったそうじゃないか。あれのせいでウチの者達が今までに見た事のない眼で俺を見てきたんだからな」

「フッ、ほんの冗談のつもりが随分と信頼を落としてしまったようだな。しかし案ずるなブラックキャット。これより見せるのは我が絶技……。大空の使者・ワイバーンをも捌いた私の包丁捌きに見惚れるがいい！」

自信満々に宣言すると、紅音はまな板に置いてあった包丁を手に取り、まるでペン回しのように指先で華麗な回転を披露した。

「竜姫さん！　危ないから包丁を振り回すのは止めなさい！」

「ご、ごめんなさい……」

教師に怒られ、一瞬にして素の状態に戻ってしまう紅音。

その姿を横目に、本当に大丈夫だろうかと猫丸は頭を抱えてしまう。

「……で？　一体何から始めるんだ？」

初っ端から不安が募るが、紅音が居なければ何も出来ないのもまた事実。

猫丸は紅音に質問を投げ掛け、完全に落ち込む前に指示を仰いだ。

「そ、そうだな。七人の神が住まう神宮は既に炎と闇の中に眠り、山海の霊薬や魔獣の名を冠する薬草は揃い済み……。となれば、まずは厄除けの真珠から片付けねばな」

「待て待て待て！　聞いたことない専門用語だらけでもう何が何だか分からないぞ！」

早々に前途多難を余儀なくされる猫丸。

それは周囲の者達から見ても明らかであった。

猫丸達の班は一人が欠席していた為、材料が一人分余っている。

その為、親子丼に必要な鶏肉や卵、玉ねぎといった食材が残っており、二人はこれらを使って猫丸の分を作る算段であった。

また、米やみそ汁、ほうれん草の胡麻和えは陽太達により既に完成されていたので、残すは親子丼の具のみ。

「…………」

「なんだ？　不安か、ブラックキャット」

「いや、その……なんていうかな……」

紅音の問いに対し、歯切れの悪い返答をする猫丸。

「心配無用だ。料理は私が最も得意とするところ。つまり、この私が最も本領を発揮出来る領分という事だ！」

どこか落ち着きのない様子の彼に、紅音は微笑みながら安心させるようにそう言うと、コンロを点火させ、フライパンに決められた分量の水・醤油・砂糖・かつお出汁を入れた。

出汁を煮ている間に流れるように次の工程へと移り、玉ねぎを一玉手に取るなり早速皮を剝き始める。

一瞬にして白い身を顕にさせると、今度は右手に持った包丁で瞬時に食べやすいサイズにカットしていった。

（速い！　何という手際の良さ……）

ほんの数秒にして分かる、家のシェフをも越える洗練された包丁捌き。

さながら一流の殺し屋のナイフ術を想起させるその腕前に、猫丸は感嘆せざるを得なかった。

（奴の思惑通りになるのは癪だが……。これは、これは……）

見惚れてしまう。


「こらブラックキャット！　何をぼーっとしている。さっさと鶏肉を捌かないか！」

「ハ、ハイ！」

立ち尽くしていたところを注意されると、猫丸は慌ててまな板の上に鶏肉を用意した。

「皮目を下に刃を入れるのだ。そうすれば太刀筋が乱れず、美しい軌跡を描ける」

「こ、こうか？」

「そう、そうやって食べやすい大きさにして……」

隣で指示を送りながら、紅音はその小さな手一つで卵を二つ割るや否や菜箸でそれを溶き始める。

猫丸が作業を終えると同時に、出汁が煮立ったのを確認。

一旦作業を中断し、すぐさま玉ねぎ、鶏肉の順にフライパンに入れ、火が通るまでの間全体に味が馴染むようにかつ焦がさぬよう監視した。

ここまでおよそ三分。

「凄いな……。無駄な動きが一つも無かったぞ」

「フフン、このくらい造作もないわ！」

　驚嘆の声を上げる猫丸に、紅音は腕を組みながらもっと褒めてと言いたげな笑顔を見せる。

　更に三分が経過し、鶏肉と玉ねぎの色が変わり火が通った事を確認した後。

「よし、あとは溶き卵を入れるだけだな」

「あそこに書かれた工程ではな。しかし、まだ足りん。ブラックキャットよ、料理という儀式において、最も必要とされる供物は何だ？　答えてみよ」

「く、供物……？」

　唐突な質問に猫丸は動揺を顕にする。

　何か材料が足りなかったのだろうか。それとも調味料？

　いやしかし、必要な物は全て揃え、どれも適した分量を用意していたのだから不足は無い筈……。

　必死に頭を巡らせるも一向に答えの出てこない猫丸に、紅音はやれやれと呟いた後。

「正解はな、愛情だ」

「……………は？」

まさかの解答に猫丸の脳みそは思考を停止した。

「おい、ふざけた事を吐かすんじゃないぞ。そんなものが一体何の役に立つと言うんだ」

眼に見えるものならともかく、まさかそんな不明瞭なものを必要と言い出すとは。

先程までの敬意が嘘だったかのように、心底呆れた反応を見せる猫丸に紅音は至って真面目な表情で「ふざけてなどいないぞ」と告げ。

「己が手を行使する際、一番食してほしい者の顔を思い浮かべるのだ。それをするとしないとでは、味に天地程の差が生まれるぞ」

そう言いながら、紅音は溶き卵の入った器を手に取り、その中身の3分の2程の量をフライパンに流し込んだ。

噴き出すように白い煙が上がる中、菜箸で全体を混ぜ合わせていると未だ納得のいかない表情を浮かべる猫丸が。

「じゃあ、今お前は誰の顔を思い浮かべているんだ？」

一瞬、紅音の手が、全身が止まる。

焦がす訳にはいかないのですぐに再起動すると、先程よりもぎこちない動きで卵をかき混ぜながら。

「と、当然、貴様の為に作っているのだから貴様の顔だろう……」

顔を赤くし、徐々に声のトーンを落としてしまう。

その横で猫丸が成程とばかりに手を打つと、紅音は顔を隠すように下を向きながらフライパンに蓋をした。

その後、残りの溶き卵も加え半熟になった頃合いで、事前に白米を盛った器に紅音はその金色(こんじき)に輝くローブを被(かぶ)せていった。

それからすぐにみそ汁とほうれん草も器に盛りつけると、ちょうど一人分の料理が猫丸の椅子の前に並べられた。

「よしっ、では私は元の居場所に帰還するとしよう」

無事に料理が完成し、紅音が猫丸の許(もと)を離れようとした……その時。

「何をしているのだ？　コマコマ」

何故(なぜ)か椅子一脚を持って、無言でそれを猫丸の横に置く九十九。

気付けばテーブルの上にはもう一人分の親子丼とみそ汁、ほうれん草の盛りつけられた器が並べられている。

「よしっ！」

「よしっ！　ではないぞコマコマ！　一体何をしていると訊(き)いているのだこっちは！」

「何って、お二人が忙しそうだったので椅子と料理を持ってきてあげただけですが？」

「いやそうじゃなくて、何でそんな事してんのって訊いてるんだけど!?」

　声を荒らげながら迫り寄る紅音。

　そんな彼女の質問に、九十九は笑顔でまあまあと宥(なだ)めながら。

「いやだって、このままじゃ黒木さん一人で食事する事になっちゃうでしょう？　そんなの可哀想(かわいそう)じゃないですか」

「だから私の椅子と料理を持ってきたと？」

「ご名答！」

　指をパチンと鳴らして答える九十九に、紅音はただただ呆然(ぼうぜん)としてしまう。

　それは背後に立っていた猫丸も同じで……。

「い、いや、俺の事は気にしなくていい。ホラ、竜姫も嫌がっているみたいだし、さっさと椅子を戻して……」

「イヤなんですか？　紅音」

「…………」

九十九の質問に紅音は沈黙する。

前から九十九、後ろからは猫丸の視線がその小さな体に集まり、回答を迫られた。

そして数秒後、頭から湯気が出る程に顔を真っ赤に染めながら、紅音は今にも消えそうなか細い声で……。

「イヤじゃない……けど…………」

「じゃあ問題ありませんね！」

その返答を聞くや否や、九十九が満面の笑みで掌をパンッと叩いた。

「いや、ちょっ……！」

動揺のあまり、体が硬直し困惑が顔に浮き彫りとなる猫丸。

咄嗟に待ったを要求するも、九十九にその意思が届く事はなく。

「ほらほら、皆さんを待たせてちゃ申し訳ないですし。お二人共席に座って！　ささっ、どうぞどうぞ！」

にこやかな笑顔で二人に着席を促し、そのまま消えるように自分の班の席へと戻っていった。

（嘘……だろ？）

「――えー、幾つかトラブルはありましたが、無事全班完成という事で。それでは皆さん、手を合わせてください」

教師の指示に従い、教室内の全員が胸の前で両手を重ね合わせる。

一人も欠け……ない事は叶わなかったが、予定通り三品の料理が全員の手元にあり、全ての準備が整った事を確認すると。

「いただきます！」

「「「いただきます！」」」

その一言と共に、生徒達が一斉に目の前に並べられた料理を口にしていった。

ただ二人を除いて……。

「「……………」」

隣同士料理を見詰めたまま、だんまりを続ける猫丸と紅音。

最終的に紅音の意思で決まった事とはいえ、二人共緊張で口と手が中々動き出せずにいた。

「ど、どうしたブラックキャット？　喰わないのか？」

「い、いや、なんというかその、食欲があまり無くてだな……」

必死の苦笑いを浮かべながら猫丸は紅音の問い掛けに答えると、尚も料理に手を付ける事を渋ってしまう。

「そうか……。では、先に頂いておくぞ」

その言葉を聞き、紅音は仕方なく一人先に自分の親子丼に手を伸ばした。

それでも猫丸は手を付けない。

白い湯気が優しく鼻腔を擽っても、黄金色の照りが視神経を通って魅了してきても、猫丸は一切手を付けない。

しかし、それも無理のない事。

眼前に置かれたどんぶりは一見とても美味そうだが、それを作ったのは自身が命を狙っている標的。

それも裏社会を揺るがせる伝説の殺し屋が作った物など、とても喉を通る筈がなかった。

が、これは元を辿れば自身の失態が招いた事であり、相手はそんな愚かな自分に手を差し伸べてくれた言わば救世主。

ここで一口も口にしないというのは、流石に人間として終わっている。

（やはり食うべきか……？）

相手は猫丸を殺し屋だと知っている。

もしかすると、ここで自分を返り討ちにする為に毒を仕込まれた可能性だってある。

食べるべきか、食べないべきか。

ここが分水嶺。脂汗が頬を伝い、脳みそが今にもパンクしそうになる。

静かに選択を迫られる猫丸は一瞬紅音の方に眼を遣った。

しかし、そこに笑顔はなく、虚しさと寂しさだけが溢れんばかりに詰め込まれていた。

(クソッ、こうなったらもう自棄だ！)

猫丸は意を決し、遂に箸を手に持った。

別に紅音の表情に耐えられなかったとか、これでは自分の為に作ってくれた彼女に申し訳ないと思ったからではない。

作っている姿なら最初から最後まですぐ側で見ていたが、その動きの中に毒物を盛るような素振りは見られ無かった。

それに、ここで食すのを拒否すれば、紅竜の怒りを買い、戦闘に発展してしまう恐れもある。

そう、これは食べる事こそ最も安全な策だと踏んでの行動なのである。

「い、いただきます！」

改めてそう呟くと、猫丸は左手で器を手に取り、右手の箸で一口分の米と具を一緒に摘んだ。

小刻みに震える玉子が猫丸の恐怖心の大きさを詳らかにする。

炊き立ての白米の熱が器越しに伝わるせいか手汗も酷い。

「ブラックキャット……？」

隣で紅音が猫丸の顔を見詰めている。

自分の手作りした料理がどんな反応になるのか気になっているのだ。

もう引き返せない。いや……、

（引き返すつもりなど毛頭ない！）

勢いに任せるように猫丸は箸で挟んだそれを口に運ぶ。

目を瞑ったまま咀嚼を繰り返し、ゆっくりと喉の奥へと流していった。

依然として紅音が刹那も目を離さず見守っていると、猫丸はゆっくりとその左眼を開けて……。

「……美味い」

「‼」

ボソッと、そう呟いた。

その瞬間、紅音の顔色は一気に明るくなり、それに比例して声色やテンションも爆上がりする。

「そうだろう。そうだろうとも！　さあ、存分に喰らうがいい！」

これ以上ない満面の笑みで紅音がそう告げると、猫丸はただ従うように続けて親子丼を口に運ぶ。

口の中を満たすように広がっていく出汁の旨味。咀嚼を待たずしてとろける玉子が幸福度を呼び込み、舌を包む優しい甘さが猫丸を夢心地へと誘い込んだ。

鶏肉と玉ねぎには先程の出汁がこれでもかと染み込んでおり、白米と共に摂取することでその破壊力は数倍にも跳ね上がる。

この時点で猫丸の箸は止まる事を忘れており、一口、また一口と一心不乱に動かしていた。

「美味いか？　ブラックキャット」

「さっきそう言ったろう」

「フフン、こちらとしては何度でも言ってくれて構わないのだがな。ほらもう一度。美味しい？　ねえ美味しい？」

「うっさ！」

すっかり上機嫌な様子の紅音と、若干それを鬱陶しく思う猫丸。

先程までの気まずい空気が嘘だったかのように、そこには温かく、賑やかな二人だけの空間が構築されていた。

その後も、爛々と目を輝かせながら感想を求める紅音に気圧されながら、猫丸はまた一口親子丼に舌鼓を打つのであった。


――その日の夕方。

なんとか午後の授業も乗り越え、父や執事達の待つ黒木家の屋敷に帰宅した猫丸。

「おーう、お帰りネコ。どーだった？　今日の調理実習は」

「色々あったけど、まあ楽しかったよ」

「ほーん、なら良かった。俺達はてっきり、同じ班の子達殺しかけるんじゃねぇかと冷や冷やして……」

「ヤダナァ、ソンナコトスルワケナイジャン。ハハハハ」

出迎えに来た寅彦の質問に、猫丸は顔を逸らすと共に中身の空っぽな笑いで返しながら制服を脱いでいく。

ブレザーを豹真に渡し、ネクタイをゆっくり解いていたその時。ふと、紅音に言われたある言葉を思い出した。

（愛情……か）

一瞬、猫丸の動きが止まる。

何故か突然沈黙するなり、その場で立ち尽くしている息子（若殿）に寅彦と豹真は首を傾げていると、猫丸は「よしっ」と決心すると共に顔を上げ。

「なあ親父、今日の夕飯は俺が作ってもいいかな？」

「えっ⁉」

驚愕する寅彦と豹真。

二人は一旦目を合わせた後、異様に真っ直ぐな瞳で見詰めてくる猫丸の方を向いて。

「いや〜〜、それはちょっと……」

「驚きですね、あの猫丸様が自分から料理を……。何かあったので？」

「ああ、実は……――」

猫丸は調理実習での出来事を寅彦と豹真に詳細に話した。

といっても、標的である紅音の名前は伏せた上で、とあるクラスメイトに料理には愛情が必要である事を教えてもらったと伝えた。

その話を聞き、寅彦と豹真はしばらく考え込んだ後。

「ほーん……。なあネコ、ちなみに訊くけどよ。その子って……女子？」

「そうだけど……。それがどうかしたのか？」

「ちょっとちょっと豹真さん。ウチの息子がなんか可愛らしい事教わってきてるんですけど。これってアレじゃないですか？　前にラインハッキングしたっていう、猫丸が気になってる女子との話なんじゃ……」

「奇遇ですね。私も今それを疑っていたところです。いや～イイですね。ハッキングの時はマジかとも思いましたが、思いの外いい学校生活を送られているみたいじゃないですか？」

「俺今口ん中めっちゃ甘酸っぱくなってるんですけど。さっき食った苺以上に甘酸っぱいんですけど！」

突然離れたかと思えば急にひそひそ話を始める寅彦と豹真に、今度は猫丸が首を傾げてしまう。

一見意味深にも捉えかねない行動だが、何故かくだらない事について話しているに違いないという確信があった。

すると、二人はようやく猫丸の方へ振り返り、寅彦が一度大きく咳払いして。

「うっし、いいだろう。ネコ、今日の夕飯はお前に任せる！」

「本当か親父⁉」

「ああ、シェフや給仕の連中にもそう伝えておく。んじゃ、楽しみにしてんぞ！」

そう言い残すと、寅彦は猫丸の許(もと)を去り、先程の遣り取(やと)りであった事を報告しに厨房(ちゅうぼう)へと向かった。

豹真と共にその場に残された猫丸。

まさか了承してもらえるとは。溢れんばかりの奮い立つ気持ちを内に抑えつつ、猫丸は段々と小さくなっていく父親の背中に届くように叫ぶ。

「頑張ってくださいね、猫丸様」

「ああ、任せてくれ！」

——二時間後。

「親父！　おいっ、しっかりしてくれ！　親父、親父……。親父いいいいいいいいいいいいいいいいいいいいいいいいいいいいいいいいいいいいいい‼」

その現場は凄惨を極めるものと成り果てていた。

「うわ〜、きれいなおはなばたけだ〜……」

「親父、戻ってこい！　ここに花畑なんて無いぞ！」

「ああ、我が愛しのキャシーよ。私もそこに連れていってくれ……」

「しっかりしろ豹真！　お前の元・恋人ならまだ生きてるだろ！　ていうかまだ引き摺ってたのか！　よく分からないが、『下手くそだから』なんていう意味不明な理由でフッてきた女の事なんかもう忘れろ！」

広大な食堂で白目を剝き、泡を吹きながら虚ろな顔付きで倒れる寅彦と豹真。

それだけではない。噂を聞きつけてやってきた執事や猫丸の後輩に当たる新人の殺し屋達。更には味見をして厨房に倒れているシェフ達含め、総勢三十四名もの人間達が三途の川を渡ろうとしていた。

「クソッ、どうしてこんな……。どうして……」

過去一とも言える黒木家崩壊の危機。

かろうじて猫丸の手料理を口にしなかった執事達が大慌てで介抱に動いているが、圧倒的に人手が足りない。

困惑と混乱の渦は猫丸の脳を巻き込み、動揺とパニックがその体に襲い掛かった。

「一体どうしてこうなった。俺はただ、言われた通り愛情を込めて食事を作っただけなのに……。言われた……通り…………――ハッ！」

その時、猫丸は気付いた。気付いてしまった。

一体誰が自分を陥れたのか。誰がこんな事態を引き起こしたのか。

真っ先に頭に思い浮かぶ、漆黒と真紅を宿した瞳の少女の顔。

小動物のようなか弱さを仮面にし、その正体は裏社会で最強と恐れられている伝説の殺し屋の顔。

「奴（やつ）の言っていた事は嘘偽り……。まさかあの女、俺が親父達に料理を振る舞う事を見越して、あえて自分から接触しに来たのか？　俺の手料理で親父達が倒れ、内部からこの家が崩壊するよう仕向けて……！」

目の前に居ない標的（ターゲット）に猫丸は沸々と煮（に）え滾（たぎ）る怒りと殺意を向ける。

しかし、それは筋違いも甚だしい勘違い。

幾度となく繰り返されるそれは事態を更に悪化させ、真実を悉（ことごと）く捻（ね）じ曲（ま）げていった。

「やってくれたな紅竜（レッドドラゴン）……！　このお礼はいつかきっちりさせてもらうぞ……！」

結局、この日もまた猫丸の勘違いは悪化の一途を辿（たど）るのであった。

幕間　竜の喜び

それは食事を終え、調理実習が幕を閉じようとしていた時の事。

「おかえりなさい、紅音……――ちょっ、なんれすかひゅうに！　ひはい！　ひはい！」

自分の班に帰ってくるや否や、紅音は無言で九十九の頬を引っ張っていた。

ギュ～ッという音が当人の怒りと恨みの大きさを詳らかに物語る。

ようやく解放されると、ヒリヒリと赤くなった箇所を擦りながら九十九は涙目で訴える。

「も～、そんな怒んないでくださいよ」

「黙れ。先日はブラックキャットの顔を立てて大目に見てやったが、今回ばかりは見過ごせんぞ！」

「楽しそうだったからいいじゃないですか」

「それは結果論だろう！」

尚も激昂する紅音。その二色の瞳には轟々と燃え滾る憤怒の炎が宿っており、今にも爆発しそうな程である。

　ここは触発しないよう遣り過ごすべきかとも考えたが、九十九はあえてその話題に触れ、お返しとばかりに……。

「でも最後に首を振ったのは紅音ですよ？」

「うぐっ、それはまあ……そうだけど……」

　その瞬間、紅音の怒りが鎮火の兆しを覗かせる。

　無論、途端に歯切れの悪くなるのを九十九が見逃す筈もなく、ここぞとばかりに畳み込んで。

「それに黒木さんに手料理を振る舞う事だって出来た訳ですし、万々歳じゃないですか」

「まあ……確かに」

「っしゃ！」

　遂に逃げ切った事を確信し、九十九は小さくガッツポーズを決めた。

　それに気付かない紅音は言及されたのをきっかけに件の出来事を思い出し、頬を紅潮させながら顔を逸らしてしまう。

（そっか……。私、黒木君に『美味しい』って言ってもらえたんだ）

　それは確かな自信。そしてようやく摑む事の出来た成果。

紅音は小さく笑みを浮かべると、今度は九十九の顔を真っ直ぐに見て。

「ねえコマコマ！　私ね、黒木君に『美味しい』って言ってもらえたんだ！」

「おおっ！　やったじゃないですか。流石は紅音ですね」

嬉々とした表情で伝えた後、紅音は腕を組みながら自信満々に胸を張った。

（お弁当の時はどうしようかと思いましたが……。成程、どうやら取り戻せたみたいですね）

九十九もまた安堵の表情を見せ、紅音の笑顔を前にホッと胸を撫で下ろした。

自分の好きな人に振る舞った料理を褒めてもらう。

それは天にも昇る程にこの上なく喜ばしい事であり、応援している人もまた嬉しくなるものなのだと九十九は初めて知るのであった。

「お疲れ様です、紅音」

微笑みながら優しい声で労いの言葉を掛ける九十九。

今日は帰りにジュースでも奢ってあげようか——と、そう考えていた時だった。

「ねえ、今ふと思ったんだけどさ。別に黒木君を一人にさせなければいいなら、こっちに椅子を持ってきても良かったんじゃ？」

「…………」

紅音の言葉に九十九の脳が停止する。

ふいっと顔を逸らす九十九に、紅音は摑み掛かって。

「ねえ、何目ェ逸らしてんの？　こっち向いてよ。ねえ。ねえ！」

「いや～、確かにそうですね。うっかりしてました」

「絶対気付いてたでしょ！　気付いた上でああしたんでしょ！」

「そんな人聞きの悪い。本当にうっかりだったんですって」

「……本当に？」

「ホントデスヨ」

「絶対確信犯だ！」

第二章▲その時、猫は竜と星を見た

それは、朝のホームルーム前の事。

「——ああ、だから君達の力にはなれないんだ。済まない」

「い、いえ。お時間を頂き、ありがとうございました。じゃ……」

一人の男子生徒がガックシと肩を落としたまま猫丸（ねこまる）の前から立ち去るなり、重い足取りで教室を後にしていった。

その生徒の背中を静かに見送ると、フウッと息を一つ吐くと共に猫丸は椅子の背もたれに体を預け天井を仰いだ。

「人気者ですねー、黒木（くろき）さん」

「こっちは全く望んでないがな」

面白がって笑う九十九（つくも）に猫丸はため息混じりに話す。

紅音（あかね）と同様イロモノ扱いを受け、普段紅音や九十九を除き学校で話し掛けられる事なんて滅多にない猫丸であったが、ここ数日ばかりは違っていた。

毎日毎日、顔も名前も知らない生徒が彼を訪ねてやってくる。

それは学年・性別の垣根を超え、一人、或いは十数人を引き連れて彼の許に赴いてくるのだ。

一体何故か？　その理由は当人を含め、この教室に居る全員が知っており、実際に根拠となる現場に立ち会っていた。

「あんな人並み外れたダンクシュート決めちゃえば、無理もないですよ」

それは遡る事、猫丸の彩鳳高校転入初日。

「ハアアアアアアアアアア……」

体育の授業のバスケットボールで披露した、猫丸の常人離れした身体能力から放たれた一発のダンクシュート。

そんなフィクションとしか思えない目撃談が生徒から生徒の耳へと通じ、瞬く間にそのニュースは全校生徒の約九割にまで認知されていた。

正体は隠せているとはいえ、存在が知れ渡るのは殺し屋としていただけないが、それだけならまだいい。

問題はその後。先程の情報を聞き付け、多くの生徒達が猫丸の許に駆け付けた。

　そして、皆口を揃(そろ)えてこう言ってくるのだ。

『黒木猫丸さん、ウチの部活に興味ありませんか？』

　そう、部活。

　彼を訪ねる生徒達の目的は一つとして例外なく、部活の勧誘であったのだ。

　その種類は様々であり、野球部・サッカー部・男子バスケ部・男子バレー部・男子テニス部・柔道部・剣道部 etc. ……。

　彼の超人的とも言える身体能力を求め、主に運動部に所属する者達が日を跨(また)ぐ毎に猫丸の教室に足を運んできた。

　無論、猫丸はその全ての誘いを断っている。

　部活などに入ってしまえば、標的(ターゲット)を監視する時間や暗殺の機会を逃すだけでなく、自分と距離の近い者を増やしてしまう。

　ハッキリ言って、ここで培う人間関係など標的(ターゲット)の紅音とその友人である九十九だけで充分であり、これ以上はむしろ願い下げ。邪魔でしかないのだ。

　よって、勧誘が来る度に猫丸は即拒否の旨を伝えているのだが……。

「何で一度断る度に、人数が日に日に増えてるんだ……？」

「まあ、黒木さん程運動能力に恵まれている人なんて滅多に居ないですし、是が非でも手に入れたいって思うのはしょうがないですよ。それに、他の部が断られたという事はもしかしたら……、なんて思う人が現れるのも当然ですし」

「ハアアアアアアアアアアアアアア～～………」

九十九が苦笑いと共にそう答えると、猫丸は大きくため息を吐（つ）きながら机に突っ伏した。

「何度断っても、何度追い払っても街灯に群がる蛾（ひむし）の如（ごと）く際限なく湧いてくる……。正直もううんざりだ」

きっとこの勧誘は続いていく。

諦め切れない連中が更に人数を増員してまたこの教室にやってくる。

これでは紅竜（レッドドラゴン）暗殺どころではない。

なんとかしてこの状況を打開せねば。

（適当に誰か半殺しにして悪評を広めれば誰も来なくなるだろうか？　いやしかし、一般人である生徒達（かれら）に手を出す訳には……）

いよいよ本気で参りだし、事態の解決の糸口が見えない事に頭を悩ませる猫丸。

すると、

「よう、中二病。元気にしてたか？」

一人の男子生徒が猫丸の許にやって来た。

「猿ヶ島か。何か用か？」

「猿川だっつってんだろ！　いい加減覚えろやこの野郎！」

顔を上げるなり、またしても名前間違いをする猫丸に、猿川陽太は速攻でツッコむ。

「だったらお前もその耳障りな病名で呼ぶのを止めろ。俺の名前は黒木猫丸だ」

「あーハイハイ、分かったよ分かりましたよ。じゃあお前もちゃんと正しい名前で呼べよな」

「善処しよう。で？　一体何の用だ？　手短に頼む」

腕を組みながら改めて猫丸が問い掛けると、陽太は少し気まずそうに頭に手を遣りながら……。

「おっと、そうだったそうだった。その、実はお前に頼みがあってな……」

「頼み？」

「おう。俺今サッカー部に入ってんだけどよ、お前もウチに入って……──」

「断る」

猫丸は陽太のお願いをバッサリ切り捨てた。

あまりにも無慈悲な即答に、陽太は焦りつつも話を続けて。

「い、いや、分かってるって！　ウチの部活も一回お前に断られてっからな」

「なら改めて言う必要もないだろう。俺は部活になんて入らない。絶対にだ」

頑なに拒否の姿勢を貫こうとする猫丸に、陽太は後退ってしまう。

が、すぐに体勢を整えた後、目線を猫丸から逸らさないまま薄らと不敵な笑みを浮かべて。

「なあ黒木……。そーいやお前、俺に借りがあったよな？」

「借り？　何の事だ？」

猫丸は首を傾げ、頭上に疑問符を浮かべる。

一方で、何か勝算でもあるのか、陽太は依然として猫丸の顔を見据えたまま「ハハッ」と小さく笑い。

「とぼけんなよ。前に竜姫をデートに誘えってアドバイスしてやったろうが」

デート？　アドバイス？

陽太の言葉に猫丸は尚も首を傾げ、脳内の奥底まで記憶を辿る。

辿って、辿って……。必死に頭を動かすこと数十秒。

「あ〜〜、アレか」

遂に思い出した。

それは遡る事、中間テストの朝。

標的のラインを入手したはいいものの、もっと情報を得られるきっかけは無いものかと悩んでいた時。

ボソッと、陽太が『デートに誘えば？』と提案を持ち掛けてきたのだ。

「成程、確かに無い事もなかった……が、この俺を脅しに掛かろうとはな。中々面白い事を考えるじゃないか……」

「ひぃっ！　い、いや、別にお前が死んでもイヤだってんなら、断ってくれていいんだけどよ……」

ハイライトの一切無い、この世の全てを呑み込もうとする猫丸の闇に満ちた瞳に、陽太は戦慄を覚えた。

先程までの威勢は一体どこに行ってしまったのか。

すっかり逃げ腰になってしまい、今すぐこの場を去りたいあまり、顔が出入り口の扉を向いていた。

しかし、

（チッ、借りか……。痛いところを突いてくるな）

陽太の意思とは裏腹に、以外にもその交渉は上手く運ぼうとしていた。

紅竜暗殺という任務を達成した後、何の後腐れもなく静かにこの学校を去る算段だった猫丸。

そんな彼にとって、表社会の人間に借りを作るというのは、色々と不都合な事であった。

そして何より、相手に何の見返りもなく自分だけが利益を得ているという現状。

およそ十年間、報酬という見返りの為に殺しを続けてきた猫丸にとって、一方的な搾取は殺し屋としての矜持が許せなかった。

「仕方ないな……」

「いやもうホント！　お前がそこまでイヤだってんなら仕方なく今日のところは……って、え？　今なんて……」

陽太は必死に機嫌を注視しつつその場から逃げ出すタイミングを窺っていると、ポツリと放った猫丸の呟きに一瞬耳を疑った。

「仕方ない……と言ったんだ」

「え……っていう事は⁉」

聞き間違いじゃない。

今度はしっかり聞き入れるよう、耳への集中を研ぎ澄ませながら陽太は机に両手を置き猫丸に顔を寄せる。

若干鬱陶しく思いつつも、猫丸は心底仕方ないとばかりにため息を一つ吐いてから。

「ああ、入ってやろう。お前達の部活にな」

「マ、マジ？　っしゃあ!!」

その返答を聞いた途端、陽太は大きくガッツポーズを決めた。

まさかＯＫを貰えるとは。正直可能性はゼロだと思っていたから、本当に入部してくれるとは思いもしなかった。

そう考えていたのは猫丸も同じで。

まさかＯＫしてしまうとは。仕事の弊害になる事なんて分かり切っていた筈なのに、どうして自分はここで「ダメだ」と言えないのか。

一方は今日何度目か分からないため息を吐きながら頭を抱え、一方は歓喜の叫びを上げながら拳を天に突き上げる。

「んじゃ、今日の16時にグラウンドに来てくれ！　ちゃんとジャージ着てこいよな！」

「ああ、分かった……」

「なんだ心配か？　ダイジョーブだって。友達作りなら、俺が手伝ってやっからよ！」

そういう事ではない、と否定する気力もなく猫丸は陽太の勢いに押されるまま適当に頷く。

　勝利の美酒に酔いしれたように、陽太が上機嫌のまま自分の席へと戻っていくと、近くで終始その遣り取りを目撃していた九十九が猫丸に問い掛ける。

「黒木さん、よかったのですか？」

「仕方ないさ。不本意な事この上ないがな」

「アハハ……。大丈夫ですよ、黒木さんなら上手くやっていけますって！」

　微塵も思っていない言葉を送る九十九。

　正直言って、不安でしかない。三週間程この男を見てきたが、色々と常識が欠け過ぎていてとてもじゃないが安心出来ない。

　流石にトラブルを起こすような事はしないと信じているが、危なっかしい事に変わりはない。

（一応、紅音にも伝えた方がいいかもしれませんね）

　後ろの空席を一瞥するや否や、九十九は教室の出入り口の扉に目を遣った。

　すると、そこには……。

「あ……」

　ちょうどトイレから戻ってきていた紅音が、如何にも不服そうな顔付きで猫丸の方を睨んでいた。

――その日の放課後。

「ハアアアアアアアアアア……」

まるで悲鳴のような情けない声を洩らすと共に、全身の力が抜けたように机に向かって項垂れる紅音。

その傍らで、親友の何とも見るに堪えない姿を前にしていた九十九は、「やれやれ」と口に出しながらその肩に手を置き。

「ホ〜ラ！　もう帰りますよ、紅音！　いつまでそうしているつもりですか？」

「だってぇ〜……」

ゆっくりと上体を起こしてやるも、気弱で貧弱な声が紅音の口から発せられる。

その情けない姿に呆れつつも、九十九はなんとかして彼女を立たせようと体を席から離していった。

既に時計の針は午後4時を過ぎており、窓の向こうからは部活に勤しんでいる生徒達の生気に溢れた掛け声が聞こえている。

そしてあの中には、この少女がこんな事になってしまった元凶が……。

「もうっ、しっかりしてください！　そりゃ気持ちは分かりますけれど、だからってずっとそうされてちゃ困りますよ」

「う～～………」

椅子から無理矢理立たせても芯が抜けたように崩れ落ちてしまう紅音に、九十九は苛立ちを覚えつつも心配な面持ちでいた。

まさかこれ程までに衰弱してしまうとは。

それだけ紅音にとって彼の存在が大きなものとなっているのだろう。

紅音は彼が部活に入ったからこうなってしまったのではない。

彼が部活に入り、同じ部のメンバーと親睦を深めていけば、やがてその仲間内でつるむようになるだろう。

そうなれば、紅音と関わる時間が減っていき、次第に関係性も薄くなってしまう。

彼女はそれを憂いているのだ。

自分から彼が……大切な人が離れていってしまう。

それが心配で心配で、とても堪らないのだ。

「黒木君……」

（紅音……）

突如、窓の外から重い金属音のような音が、紅音の吐露した不安を掻き消すかの如く轟いた。

しかし、そんな事に意識が向けられる事は一切なく、二人はゆっくりと教室を後にすると、そのまま校舎の外まで足を運んでいく。

もうすぐ夏の到来を知らせる涼風が肌を撫で、太陽の光線一筋一筋が少女達の髪を縫うように照らした。

二人は校門を潜ると同時に帰路に就く。トボトボと未だ重い足取りを続ける紅音に、九十九もなんとか気を持たせようと言葉を掛けるが。

「大丈夫ですよ、紅音。きっと貴女が危惧しているような事は起きませんって」

「で、でも、絶対なんて事はないでしょ？　黒木君に友達が出来てほしくないとは全然思わないけど、でもそれで私から離れるようになっちゃったら……私、わたし……！」

不安が治まらず、口からどんどん零れていく毎に声がか細くなっていく紅音。

一方その頃、グラウンドの方では何やら騒ぎが起こっていた。

「陽太――！　おーい、どこ行った――!!」

「おい新入部員！　お前飛ばし過ぎだぞ！　ちっとは加減して蹴りやがれ！」

騒々しい。怒気と恐怖、そして心配の入り乱れた声が塀の向こうから次々と聞こえてくる。

途中背後で何かが落ちたような音も聞こえたが、二人は一切気にも留めず。

「まったく、仕方ない子ですね」

九十九が赤子をあやす母親のように微笑みながら、

「紅音、私に一つ提案があります」

そう言って、二人は共に夕陽を追うように歩き続けた。

◇

——翌日。

朝のホームルーム前、教室内はある噂で持ち切りとなっていた。

「ねえ聞いた？　昨日グラウンドからすっごい音がしたけど、アレってサッカーのゴールポストが凹んだ音なんだって」

「あっ、それ知ってる！　確かまだボールが嵌まってて取れないんだっけ？」

「今日は陽太休みなのな」

「なんか昨日、部活中に怪我したみてェだぜ？　サッカー部の奴から聞いた話じゃ、パス練中にグラウンドの外までブッ飛ばされたとか」

挨拶と共に教室に足を踏み入れるなり、仲の良いグループで集まり各々噂話に興じる生徒達。

そんな彼らの注目は、不思議とある一点に集約されていた。

「………………」

窓から射し込む陽光に当てられながら、遠くを眺めている猫丸。

しかしそれはあくまでフリ。教室中に漂う空気、周囲から向けられる刺すような視線に気付いていないという装いであり、クラスメイト達が自分について話していた事には最初から勘付いていた。

クラスメイトからこういった謎の注目を浴びるのは日常茶飯事。

誰も干渉なんかしてこないくせに、好き放題こちらを瞥見してはヒソヒソと話をする。

最初の頃は不快感こそ覚えたが、どうせ深く関わるつもりもないと割り切ってからは何も感じなくなっていた。

が、今回ばかりは違った。

何故なら、今までのくだらない陰口とは異なり、彼らから耳に入ってくる話題には少なからず心当たりがあったから。

気のせいか、窓から差し込んでくる陽光がこんなにも暖かいのに、周囲の空気は寒波でも到来しているのではと思う程に寒々しい。

冬はとうに過ぎ去ったのに、コートを羽織りたいと思ったのは初めてだ。

いたたまれない気持ちに苛まれつつも素知らぬ顔を貫き通し、猫丸は耐えるように日向ぼっこを続けていると。

「ああ闇よ……。過ぎ去りし闇よ。愛しき汝との再会が為、今日も私は剣を握ろう」

「剣じゃなくペンを握ってくださいよ、紅音。居眠りは卒業したんじゃないんですか？」

肺を濁す空気を取っ払うかのように、標的の少女が豪快な扉の開閉音と共に参上する。

その後ろには、最早当然とでも言うように少女の友人が侍っていた。

「ほう……やはり来ていたか、ブラックキャット」

「学生なんだから学校に来ていて当然だろう」

「コラ紅音、挨拶を忘れていますよ。おはようございます、黒木さん」

「ああ。おはよう、咬狛」

挨拶と共に紅音と九十九が猫丸の許へと歩いていく。

それとは逆に、生徒達の視線は続々と猫丸から離れていった。

「フフッ」

「？　どうかしたか、ブラックキャット？」

「いや、まさかお前が現れるのを望む日が来ようとはな」

「…………えっ⁉」


——その後。

全ての授業が終わり、ホームルームを終えた生徒達が続々と帰り支度や部活の準備をしている中。

「あれ？　黒木さん、今日は部活に行かないんですか？」

昨日みたくサッカー部の男子達に付いていこうとする素振りすら見せず、着席したまま動かない猫丸に九十九が訊ねた。

その問いに紅音もピクリと反応し、チラチラと隣の回答者の方に目を向けていると。

「ああ。元々一日だけの予定だったし。部長や顧問からも、泣きながら『勘弁してください』と懇願されたからな」

「な、何をしたんですか一体……？」

何食わぬ顔で淡々と語る猫丸に対し、九十九は何とも言えぬ表情を浮かべる。

一方で、ある事に気付いた紅音が思い出したように口を開いて。

「そういえば、今日は誰も貴様の許を訪ねてこなかったな」

「そ、そうだな……。きっと俺がサッカー部に入部したと聞いて、皆諦めが付いたんだろう。まったく、その程度の事で熱が冷めるとは……何とも情けない連中だ」

もっとも、これまで必死に勧誘に赴いていた生徒達が突然一人として来なくなったのは、今朝クラスメイト達が話していた噂が原因なのだが。

苦笑いと共にフイッと顔を逸らす猫丸に、紅音は一種の違和感を覚えた。

あれだけ邪険に扱い、煩わしく思っていた筈なのに、何故そんな顔をするのだろう。

勝手に始まった面倒事が勝手に解決してくれたというのに、どうしてスッキリしない顔をするのだろう。

様々な考察と推測が飛び交う内、遂に紅音の頭の中で一つの結論に辿り着く。

「まさか貴様……寂しいのか？」

「ギクッ!!」

なんとなしにポツリと呟く紅音。

その一言に、猫丸は大きく肩を震わせると。

「んなっ、ななな何を言っている……⁉　寂しい？　俺が？　ないないないない。そんな訳ないだろう、馬鹿げた事を言うんじゃないぞ竜姫」

「いやでも、さっきギクッて……」

「ただの空耳だろう！　いやーホント、今日はとっても穏やかで清々しい良い一日だった！　最高だったな！　じゃっ！」

額にダラダラと脂汗を流し、バショウカジキも顔負けの速度で目を泳がせながら猫丸は立ち上がる。

一層怪しさに磨きが掛かり、そそくさと帰ろうとする猫丸に紅音は尚も睨みを利かせて……。

「隠さずともよいぞブラックキャット。本当は嬉しかったのだろう？　普段誰も構ってこない分、チヤホヤされて嬉しかったのだろう？　そうなのだろう？」

「う、うるさい！　黙れ！　殺すぞ！」

顔を真っ赤にして猫丸が叫ぶと同時、紅音は確信を得る。

意外だった。まさか彼にもそんな人間臭い一面があったとは……。

「まあ待てブラックキャット。まだ貴様に帰ってもらっては困る」

「……？」

　このまま帰す訳にはいかない。まだ目的は達成していないのだから。

　突然引き止められた事に猫丸は頭上に疑問符を浮かべながら振り返ると、紅音が何やら妙にもじもじとした様子で話し始めた。

「その、実はだな。私も貴様を勧誘したいのだが……どうだろうか？」

「勧誘って……、え？　なに、お前も部活に入ってたのか？」

　衝撃のあまり猫丸は目を見開かせる。

　紅音がコクリと頷くと、猫丸は尚も驚いた様子で。

「嘘だろ……。全くそんな素振りを見せなかったじゃないか。放課後に他の者達がグラウンドや体育館に向かう中、お前はいつも咬狛と一緒に帰っていた筈……」

「まあ、そう言われても仕方がないですね。実際、私達の部活はほとんど活動してないに等しいですし」

　アハハと少し困ったように笑いながら九十九が返答した。

「私達という事は……咬狛も一緒の部活なのか？」

「ハイ。部活といっても、部員は私達二人だけなので同好会の方が正しいですが」

　部員の少なさや活動内容の不明瞭、発足からまだ間もない等の理由により、「部活」として学校に認可されていない集まりは「同好会」となる。

この彩鳳高校には運動部・文化部合わせて二十を超える部活があり、対して同好会の数は片手で数えられる程。

転入当初は気にもしていなかった猫丸であったが、しつこい勧誘を受けるようになってからはそういう団体も存在していると知った。

（それにしても、まさかあの紅竜（レッドドラゴン）までもがそういった団体に所属していたとはな……）

予想外も予想外。だが……、

「どうだろう、ブラックキャット。我々の教団に入ってはもらえないだろうか？」

「ああ、勿論（もちろん）だ」

紅竜（レッドドラゴン）の新しい情報が舞い込んできた。

もしかすると、まだ自分の知らない標的（ターゲット）の姿や一面を覗（のぞ）けるかもしれない。

このチャンス、逃す手は無い！

紅音の勧誘に猫丸が即答で承諾すると、紅音はパアッと顔を明るくさせた。

「やった！　やったよコマコマ！」

「ええ、これで杞憂（きゆう）に終わりましたね」

九十九が微笑みかけてそう告げると、紅音は満面の笑みで「うん！」と返す。

一方で、何故それ程までに喜んでいるのか分からないでいた猫丸は未（いま）だ教えられていない肝心な事を二人に訊ねる。

「で？　一体どんな活動をしているんだ？」

「あっ、そういえばその説明がまだでしたね。私達は……――」

「待て、コマコマ！」

九十九が答えようとしたその時、紅音が咄嗟に口を塞ぎ待ったを掛けた。

「百聞は一見に如かず。せっかくだ、実際に見てもらった方が面白いだろう」

「成程、確かにそれもそうですね」

「いや、普通に今教えてもらえればそれで……」

「否、それではつまらん。貴様には我々が一体何をしているのか……。その眼で、その肌で、その全身で感じてほしいのだ」

腕を組みながら、さも深い事のように話す紅音。

そんな彼女に呆れつつ、猫丸も仕方ないとばかりに首を縦に振った。

「では今宵『22時00分』に校門前集合だ！」

「了解！」

「わ、分かった……」

◇

時刻は午後9時55分。

言われた通り、一人夜道を歩きながら猫丸は彩鳳高校の校門前まで足を運ぶと、そこには既に下校時と同じ制服姿の紅音が仁王立ちで待ち構えていた。

「よくぞ来たな、ブラックキャット！」

「まったく、こんな時間にまで学校に来なくてはならないとはな……」

元気いっぱいの紅音とは裏腹に、あまり気が乗らない様子の猫丸。

殺し屋という仕事上、夜に活動するのは最早苦でも何でもないが、真夜中の学校にはあまりいい思い出が無い。

思い返せば、あの日も紅音(かのじょ)と一緒だった。

もっとも、今回は九十九も同行する予定ではあるが。

(咬狛の奴(やつ)はまだ来ていないのか……)

辺りを見回すが、どこにも九十九の姿はない。

もうすぐ約束の時間になるが大丈夫だろうか——そう思っていた時だった。

（待てよ？　今なら……）
猫丸は思案した。
今この場には自分と標的（ターゲット）の二人だけ。
周囲に人影は勿論、人の気配も感じられない。
紅音はこの後（向こう）を楽しみにしているのか、隙だらけもいいとこ。
今が絶好のチャンス！
「時は満ちた……。往（ゆ）くぞ！」
スマホで時間を確認し、夜の学校へと足を踏み入れる紅音。
その後ろでは、猫丸が制服の下に忍ばせたナイフに手を伸ばそうとしていた。
徐々に距離を詰めながら、殺気を宿した瞳で標的（ターゲット）の急所を捉える。
遂に自身の間合いに入り、静かにその首を獲（と）ろうとした――その時、

猫丸の視界から紅音の姿が突如消えた。

「!!」
夜闇を凌駕（りょうが）する漆黒に覆われ、猫丸は動揺を顕（あらわ）にする。

一体何が起こった？　紅竜（レッドドラゴン）が消えた？

いや、目元にある布の感触と後頭部から伝わる締め付けられるような圧迫感から、視界を塞がれたと考えられる。

では一体誰に？　誰が自分の視界を……？

視界（それ）だけではない。何者かにより、腕が一瞬にして拘束されている。

猫丸は猛スピードで頭を回転させ、事態の把握に動くと。背後から聞こえる声が、その答えを伝え知らせた。

「こんばんは、黒木さん。今夜は来ていただき、ありがとうございます」

「その声……咬狛か⁉　クソッ、一体何の真似（まね）だ！」

一体いつの間に……。そんな疑問が浮かぶよりも前に、猫丸は背後の声の主である九十九に慌てて問（と）い質（ただ）す。

「すみません、これも紅音の指示でして……。ああ、暴れないでください。もうすぐ階段を上りますので」

「竜姫のだと⁉」

やられた。これは罠（わな）だ。

紅竜（レッドドラゴン）の新しい情報という餌に釣られ、自分は嵌（は）められてしまったのだ。

ここから今すぐ逃げ出そうと、猫丸は必死に振り解こうとするも、何故か拘束が解けない。

それも縄や手錠ではなく、素手による拘束なのにだ。

殺し屋である猫丸に気取られる事なく背後を取り、視界を塞いだ上に素手で拘束するだなんて……。

（この女……一体何者なんだ？）

九十九に対する謎が深まる一方、抵抗も虚しく階段を上り続ける猫丸と紅音達。

やがて足音は止み、吹き抜ける夜風と共にギィッというドアの開けられる音が暗闇に響いた。

冷たい外気が肌を刺す。階段を上った先が外という事は、ここはおそらく屋上だろう。

この後に一体何が行われるのか。そして自分は何をされるのか。

不安と恐怖に襲われながら静かにその時を待っていると、

「失礼するぞ」

紅音が猫丸の視界を覆う布を取り、それを自分のポケットに仕舞い込んだ。

ようやく目隠しから解放され、猫丸は左眼をパチパチとさせながら前を見ると、そこには……――

「ようこそ、我が教団――『ウラノメトリア』へ！」

淡い月と共に夜空で点々と輝く星々。

その星々を背に従え、屋上の真ん中で両手を大きく広げる紅音の姿があった。

「これは……」

「私達の部活――天文同好会ですよ、黒木さん」

猫丸の疑問に背後で控えていた九十九が答える。

拘束を解いた後、すぐさま猫丸に頭を下げて。

「手荒な真似をしてすみません。ちょっとしたサプライズという事で、どうかご容赦を」

「サプライズって……、そういう事なら拘束の必要は無かったんじゃないか？」

「でも黒木さん、目隠ししてくださいって要求されて、素直に従います？」

「する訳ないだろ。なんでわざわざ自分からデバフを受け入れる必要があるんだ」

「ね？　だからこうするしかなかったんですよ」

九十九の言葉に猫丸はため息を吐くと、今一度辺りを確認する。

そこは確かに彩鳳高校の屋上であったが、前に紅音達と昼食を摂った時とは明らかに違う点が二か所存在した。

視界の隅にポツリと置かれた、三脚の上に取り付けられた大きなスコープ。

おそらく天体望遠鏡というヤツだろう。先程九十九の口から天文同好会という単語を聞いたところだし。

問題なのはもう一か所の方だ。

屋上の床には紅音達が普段昼食を摂っている時のものより一回りも二回りも大きく、前に訪れた紅音の部屋に敷かれていたラグと同じ未知の文字で陣を描かれた……。

巨大で、広大で、とにかくこの上なく怪しげなシートが敷かれていた。

「これは？」

「ほほう、やはり気になるかブラックキャットよ。これは我が教団が所有するマジックアイテム……。古(いにしえ)より悪魔召喚の儀式に用いられてきた禁忌の魔道具だ！」

いつもの如(ごと)く突拍子もない事を告げてくる紅音に、猫丸が目を丸くする横で九十九がやれやれと頭を抱える。

「気にしないでください、黒木さん。デザインはちょっと特殊ですが、普通のシートと変わりないですから」

「そ、そうなのか？　何やら四隅に竜姫(ヤツ)の部屋に置いてあったドクロや人形が見えるが……」

「よくぞ気付いた！　悪魔召喚の儀には生贄が必須でな。これらを触媒とし、異界とのゲートを繋げる事で魔の者共はこの世に顕現されるのだ！」

「召喚……、生贄……？」

「風でシートが飛ばされない為の重しですって。これ以上話をややこしくしないでください、紅音！」

未だ状況を呑み込めていない上、聞き馴染みのない単語の羅列に理解が追い付かず、猫丸は困惑するばかり。

夜遅くであるにもかかわらず、すっかりいつもの調子で三人が遣り取りを交わしていると。

「ハハッ、相変わらず賑やかだな～お前達！」

そんな彼らを眺め、呵々大笑と共に一人の女性が背後のドアから現れた。猫丸は声に反応するなり振り返ると、その見覚えのある顔に一瞬驚き。

「と、鴇野先生、なんでこんな所に……？」

「なんでって、そりゃあ私がこの部活の顧問だからに決まっているだろう」

自身が在籍するクラスの担任、そして自分が唯一苦手とする古文の教科担任であり、不甲斐（がい）ない点数を取った事で説教と共に泣きついてきた女性教師。

鴇野翼（つばさ）の放った言葉に猫丸は再び驚愕（きょうがく）した。

「顧問……。という事は、鴇野先生もこの召喚の儀とやらに関与して？」

「ん〜、色々とツッコみたいところはあるが、まあいっか」

「ちゃんとツッコんでください、翼先生。っていうか、なんですかその大荷物？」

九十九の質問に翼は抱えていた二つの段ボールをその場に置いた後、開封しながらやけに上機嫌な様子で。

「新入部員が入ったと聞いたからな。せっかくだし、歓迎会も兼ねてと思って」

そう言ってカセットコンロと小鍋、水の入ったペットボトル、パックに詰められた大量の餅を取り出していった。

それらを見た瞬間、紅音が「おおっ！」と歓喜の声を上げて目をキラキラと輝かせる一方で、もう一つの段ボールの中身を見た猫丸と九十九が心底呆（あき）れ果（は）てた顔付きで。

「あのすみません、何やらお酒らしきものも見受けられるのですが」

「それ以上は言うな。何も言うな。そして他言もするな」

「ダメ教師じゃないですか」

「おっと心外だな。誰のおかげで屋上で飯が食えてるんだっけか？　毎朝お前達に屋上（ここ）の鍵を渡してやってるのは誰だっけか？」

開き直る翼。

そんな彼女を尻目に、猫丸と九十九はヒソヒソとあえて当人の耳にもギリギリ聞こえる声量で。

「見ましたか、黒木さん。この人脅してきましたよ。生徒を脅迫する教師ってどう思います？」

「ああ、クズ以外の何者でもないな」

「よ〜し、お前らにゃ絶対（ぜってェ）餅食わしてやんね！」

顧問の翼も参加し、天文同好会もとい『ウラノメトリア』メンバー全員が夜の屋上に集結する。
到着するなり翼が餅を煮る為にカセットコンロにガスボンベを装着する横で、九十九が小鍋にペットボトルに入った水を入れていく。
その頃、猫丸と紅音の二人は陣の上に座り、猫丸が迷った様子でちらりと九十九達の方を一瞥して。

「なあいいのか？　俺達も一緒に手伝った方が……」

「不要だ。コマコマが『先に二人で楽しんで』と言ったのだ。ならばその言葉に甘えるのが礼儀というもの」

「はあ……。っていうか、何で天文同好会なんだ？　他にも色々部活がある中で、何でこの部活を？」

「無論、この夜天を覆う星々を詠み、異界に住まう我が使い魔を召喚する為に決まっていよう！」

「成程、分からん」

軽く談話を交えた後、猫丸と紅音は星空を眺めた。

一様に並ばず、大きさ・光量共にまばらに煌めく星々が二人の瞳にその姿態を一斉に刻み込む。

「美しいな、ブラックキャット」

「そうだな……」

紅音の言葉に猫丸は呟くように返した。

地上が眩しい。ここは北海道で一番の都会である札幌市で、周囲は窓から明かりの零れる無数の住宅に囲まれ、遠くには数える事すら億劫になる程のビル群が活動を続けながら立ち並んでいる。

その為か、地平線の先まで光に覆われているせいで夜空が薄らと明るい。

星空も特に満天という訳でもない。それなのに……。どうして……。どうして……。

（どうして、こんなにも美しいのだろう）

思わず胸から感嘆が零れる。

特別じゃない。いつでも見られる。どこでも見られる。

大して珍しい景色でもないのに。それなのにどうして、こんなにも特別に感じてしまうのだろう。

思い返せば、夜景を見た時もそうだった。

紅音と二人、テレビ塔の展望台から札幌の夜の街並みを眺めた時も、不思議と感慨深い気持ちが芽生えていた。

あの時同様、殺しの仕事に明け暮れて碌に夜空も眺める事がなかったから、こんな気持ちが芽生えているのか。

それとも——、

「お前と一緒だから、こんな気持ちが芽生えているのか……？」

「おーい咬狛、そろそろ出来るから餡子ときな粉準備してくれ～」

「まだお月見のシーズンじゃないですよ、翼先生。っていうか本当に飲むんですか？」

「今は勤務時間外だ」

「ここは学校の敷地内ですが」

隅の方から騒がしい声が飛んでくる。

シートに引火しないよう、離れた場所で餅を茹でている九十九と翼に紅音は改めて目を遣ると。

「やれやれ、騒々しい者達だな。ん？　何か言ったか、ブラックキャット？」

「いや、何でもない……」

問い掛けるや否や、すかさず顔を逸らす猫丸に紅音は首を傾げた。

（何を馬鹿な事を……。しっかりしろ！　俺は殺し屋『黒猫』。冷徹に、そして冷酷に標的の首を狩り獲る男……）

深呼吸をした後、猫丸は迷いを払うように両頬を勢いよく叩く。

危うかった。今一瞬、抱いてはいけない感情が芽生えるところだった。

冷静になれ。星空を特別に思えたのは夜景の時と同様、今までの生活から縁遠かっただけ。

そこにたまたま紅音(かのじょ)が同席していただけで、そこに特別な意味は何もない。

そう、たまたま条件が、事象が、偶然が重なっただけだ。

(よし、落ち着いてきた)

頬の痛みのお陰で段々と頭が冴(さ)えてきた。

思考を元に戻し、冷静さを取り戻した猫丸は再び天を仰ぐ。

しかし、先程までと違い、今の猫丸の中には星空に心を奪われるような童心も、紅音に対する靄(もや)が掛かった感情も全て捨てられていた。

こうして星空を眺めているのも、隣に座る標的(ターゲット)に警戒心を悟られぬようにする為の装いである。

「大丈夫か、ブラックキャット？　頬がサラマンダーと同じ色に染まっているが」

「気にするな、それより星を見よう。せっかく夜の屋上に来たんだ。この空をもっと目に焼き付けておきたい」

微塵(みじん)も思ってもいない事を告げる猫丸。

その言葉に紅音は「ほう」と驚いた後。

「まさかそれ程までに気に入ってもらえたとは……。フフッ、やはり貴様を連れてきて正解だったな」

そう言っておもむろに立ち上がると、紅音はその包帯塗れの右手を天に掲げた。

「何をするつもりだ？」

「入部祝いだ。今日は特別に、我が能力の一端を貴様に見せてくれよう！」

笑顔でそう叫ぶ紅音に猫丸は首を傾げる。

相変わらず行動が読めない。これから一体何を仕出かすつもりだ？

しかし待て。紅音は先程「能力の一端を見せる」と言っていた。

額面通りに受け取れば、もしかするとあの伝説の殺し屋『紅竜』の技が見られるかもしれない。

それは何よりも嬉しい事だ。まだまだ謎の多い彼女に関する情報はどれも値千金の価値がある。

特に技や使用する武器についての情報は、もし戦闘に発展した際の対策として有用な為、大金をはたいてでも是非入手したい情報だ。

（まさか奴から晒してくれるとはな……）

猫丸は期待に胸を躍らせ、隣の紅音を凝視する。

すぐ近くから飛んでくる熱い視線を肌で感じた紅音は、若干恥ずかしそうに頰を赤らめながらゆっくりと眼（め）を瞑（つぶ）り。

「現世（うつしよ）に流れし星々の光芒（こうぼう）よ。常世を彷徨（さまよ）いし亡者の息吹よ。曇天を裂き、地殻を貫き、万里を越え、龍脈（りゅうみゃく）を辿（たど）り、三千世界を支配せよ――」

精神を研ぎ澄ませるように詠唱を並べていった。

一体何をブツブツと呟いているのだろうと、猫丸は頭上に疑問符を浮かべる。

だが同時に、目の前に立つ標的（ターゲット）の見た事の無い真剣な顔付きと途轍（とてつ）もない集中力に思わず固唾（かたず）を呑（の）んだ。

これから一体何が行われるのだろう。猫丸の期待は更に増していき、刮目（かつもく）のあまり瞬（まばた）きすら忘れてしまう。

そして遂（つい）に、

「『星竜の涙（ミーティア）』――!!」

両の瞳をカッと見開かせ、詠唱を終えた紅音は空気を裂くようにその掲げた右手を勢いよく振り下ろした。

謎の固有名詞が猫丸の耳を劈く。

しばらく静寂が続くも、星空や周辺の景色、紅音の姿にこれといった変化は現れていない。

「何も起こらないじゃないか。まったく……」

期待して損した。

あれだけ豪語しておきながら特に現象が起きなかった事に猫丸は呆れ果てていた……その時だった。


一筋の光線が点々と輝く星々の間を突っ切るように夜空を駆け抜けた。


「あっ、流れ星！」

星空を見上げていた九十九が笑顔で呟く。

「だあー！　願い事言いそびれた！」

餅とにらめっこをしていた翼が悔しそうに頭を抱える。

「まあまた流れるかもしれないですし、今の内に準備しておきましょう！　お餅は私が見ておきますので」

「そ、そうだな……。じゃあ咬狛、頼んだぞ」

九十九の言葉に従い、翼は餅の見張りを九十九に任せると。両手をギュッと握り、次の流れ星が来る事を祈りながら全身全霊の念を込めて願いを述べ始める。

「いい相手が見付かりますように。いい出会いがありますように……」

「あの、翼先生……？」

「誰か私を見付けてください。誰でもいいので私を拾ってください。結婚したい結婚したい結婚したい結婚したい結婚したい結婚したい……――」

「いや怖っ！」

その頃、

「ふう、やはり魔力の消耗が激しいな」

額の汗を拭うなり、紅音がまるで一仕事を終えたかのように呟くその横で……。

（今のは……偶然、か？　偶然……なのか？）

全身から大瀑布（だいばくふ）のような脂汗を流しながら、猫丸が驚愕（きょうがく）の表情を顕（あらわ）にしていた。

信じられない。これは偶然か？　現実なのか？

数秒前に起こった光景が目に焼き付き、脳裏から離れない。

最初はただの虚言だと思っていた。能力（ちから）を見せるというのはただの出まかせ。猫丸（じぶん）を期待させるだけ期待させ、蹴落とそうとしたのだと。そう思っていた。
が、その言葉は嘘ではなかった。そして同時に、目の前で見せられた光景は自分の期待
と予想を遥かに超えたものだった。
（まさか……いや有り得ない。もしアレが偶然ではないのなら、奴にはスーパーノヴァ以
上の何かが眠っている事になる！）
地球を消し飛ばす程の破壊力を秘めているという超兵器——スーパーノヴァ。
それが彼女の右腕に眠っているとされており、猫丸はこれを最も警戒の対象に置いてい
た。
しかし今、それを超える代物が発覚しかけている。
スーパーノヴァなど比較の対象にもならない……。兵器なのか、技なのか、妖術なのか
すら未知数の、人の領域を大きく外れた恐るべき何かが……。
過去に体験した事のない戦慄。その恐ろしさを猫丸の鳥肌が如実に物語る。
頭の中で渦巻いている混乱を正す為、ひたすらに沈思黙考しながら猫丸がわなわなと震
えていると。
「また一つ、星を滅してしまった……か」
とても満足げな表情で紅音は腕を組みながら、密かに温めていた決めゼリフを呟いた。

それを耳にした瞬間、猫丸は……、

（バ、バカな……。まさかこの女は、天体をも操る能力を持っているというのか⁉）

お約束とでも言わんばかりに、更に勘違いを悪化させた。

まるで狙ったかのように追い打ちを掛ける紅音の一言。

それは図らずしも、猫丸の中で大きく響き、紡がれた勘違いの紐をより絡ませるのであった。

「二人共〜、お餅が出来ましたよ〜」

「わ〜い！」

「有り得ない。そんな馬鹿げた事、出来る筈がない……。いやでも、奴は実際に目の前でやってのけたし……。こんな奴に、本当に人が勝てるのか？」

九十九の呼び声に応じ紅音がスキップで駆け寄る中、猫丸は一人ぶつぶつと延々に自問自答を繰り返していた。

有名な話として、流れ星が流れている間に願い事を三回唱えればその願いが叶うというものがある。

天体観測の直前、これを九十九から教えてもらった時、猫丸は鼻で笑った。

星にそんな力はない。自分で叶える力のない者が望まぬ現実と未来から目を逸らし、縋

り付く為に創作したただの方便に過ぎない、と。

しかし、この時ばかりはその考えを撤回せざるを得なかった。

正直くだらないとは思っている。それでも思わずそんな方便に縋り付いてしまう愚かな自分がここに居た。

叶う事なら、先刻の現象が偶然でありますように。

叶う事なら、彼女が人の敵う存在でありますように。

そして叶う事なら、いつかこの手が彼女に届きますように。

そう願いながら、猫丸は今一度天を仰ぐと、再び流れ星が落ちてくるのを密かに待ち続けるのであった——

第三章 その時、猫は力を隠した

――六月上旬。

既に雨季に入っているというのに、乾いた風がその事実を否定する。

今日も今日とて猫丸(ねこまる)はチャイムが鳴る前に彩鳳(さいほう)高校に登校し、隣から聞こえてくる少女の声にいつもの如(ごと)く煩わしさを抱く中。

朝のホームルーム。一人の欠席者もなく教室で一堂に会する生徒達に、翼(つばさ)がとある行事についての説明を始めた。

「――さて、もうほとんどの者は知っているだろうが、今月末に体育祭が行われる。それに合わせ、授業も体育が増えていく事だろう。皆、気合を入れて取り組むようにな」

その単語を聞いた途端、教室のあちこちから歓喜の声と悲鳴が上がった。翼もその反応を予知していたのか、「はいはい弱音を吐かない」と手をパンパンと叩(たた)いている。

「フフッ、遂にこの時が来たか……！」

「紅音(あかね)紅音、顔が死んでいますよ」

腕を組みながら意味深に呟(つぶや)く紅音。字面だけ見れば如何(いか)にも待ち望んだ人間のセリフに聞こえるが、それとは対極に顔から生気が抜け落ちたような表情をしているところを九十九(つくも)に指摘される。

一方で、この場に居る人間の中で唯一何も理解していない猫丸は、その初耳の単語について二人に問い掛けた。

「なあ、体育祭とは何だ？」

「知らんのか？　まったく、貴様の無知さにはほとほと呆れるな」

やれやれと首を振りながら発した紅音の言葉に、猫丸は静かに青筋を立てる。

さり気なく怒りを買った事に気付かぬまま、仕方ないとばかりに紅音は一つ咳払(せきばら)いした後。

「体育祭——またの名を『終末を告げる戦い(ラグナロク)』。それは己(おの)が血潮を滾(たぎ)らせ、『勝利』という二文字の為に互いに命を散らし合う死の闘争……。荒野に敵人の骸(むくろ)の山を築き上げ、その高さを競い合う……。悲劇と惨劇が織り成すデス・パレード——それが体育祭だ」

「んなっ……！　馬鹿な……、そんな恐ろしい戦いがこれから行われようとしているのか⁉」

信じられない。死体の山なら飽きる程築いてきたが、表社会にそれを祭りと称する儀式が存在していたとは。

額から冷や汗を落とすと同時にゴクリと固唾を呑み込む猫丸。

そんな二人の様子を眺め、呆れ果てた面持ちで九十九が口を開き。

「な訳ないじゃないですか。いいですか黒木さん。体育祭というのは、全校生徒が二組に分かれ、互いに運動能力で点数を競い合う行事なんですよ。１００メートル走や綱引き、玉入れにリレー等々……。様々な競技を一日掛けて行うんですよ」

淡々と説明した。

それを聞いた途端、猫丸は目を丸くしたまま九十九の方を向いて。

「え？　じゃあさっき竜姫の言っていた事は……？」

「骸の山云々の話ですか？　ある訳ないじゃないですか。大体、そんな物騒な行事が学校で行われていたら、警察沙汰では済みませんよ」

「た、確かに……」

冷静に考えるまでもない。

そんな狂気じみた行事が学校で行われていれば、ここに通う生徒の大半は殺人を犯した経験がある事になってしまう。

どう考えても、ここに居る連中にそれが出来る胆力があるとは思えない。

（いや、普通はそんな胆力なんて要らないんだろうが……）

「成程……。しかしどうして皆、あれ程までにテンションが上がったり下がったりしているんだ？」

「まあ、それが体育祭というモノですからね。運動が得意な人にとっては最高のイベントですが、逆にそうじゃない人にとってはため息しか出ない行事ですし」

九十九が苦笑交じりに答えた。

成程、確かに運動が苦手な者からすれば、公の場で痴態を晒すも同然。気が滅入る者が現れるのも無理ないか。

逆に運動が得意な者からすれば、自身の力を最大限に発揮できる絶好の舞台。たとえ勉学が苦手でもここで活躍を披露し、周囲に自分は優秀であるとアピールする事が出来るという訳か。

猫丸が少しずつ体育祭について理解を深めていた頃。そこに更に付随するように、翼が説明を続けた。

「今回の組分けは奇数のクラスと偶数のクラスで分かれる事になる。我々三組は一組と同じ赤組だ」

「という事は……」

猫丸は一瞬、左隣の席に座る紅音を一瞥する。

（コイツと同じチーム、か。まったく、まさかあの紅竜と共に戦う日が来ようとはな……）

よくよく考えれば、手を組んだのはこれが初ではない。

前に深夜の学校に忍び込み、テストの問題と解答を盗もうとした時も彼女と協力を余儀なくされていた。

もっとも、結果は悲惨な形で迎えてしまったが。

「でも正直憂鬱です。私、運動は苦手で……。ちゃんと赤組の勝利に貢献出来るかどうか……」

「心配無用だろう。ウチには竜姫が居る。コイツが味方に居る時点で、俺達の勝利は確定だ」

ため息交じりに呟く九十九に、猫丸は気にするなとばかりに声を掛けた。

そう、心配の必要は無い。最強の殺し屋である紅竜がこちら側についている段階で、勝敗は既に決まったも同然。

彼女と比べれば微力もいいとこだが、自分も運動には自信がある。

前の潜入作戦は失敗に終わったが、今回ばかりは負ける姿なんて想像もつかない。

確信と自信に満ちた猫丸は「そうだろう？」と言いたげに紅音の方を見遣る。

それに対し、視線に気付いた紅音は、

「フ……フフッ……！　よ、よく分かっているではないか、ブラックキャット！　そう、我が辞書に敗北の二文字は無い！　この私が貴様らを勝利に導いてやろう！」

意気揚々な宣言とは裏腹に、今にも泣き出しそうな表情で外にも聞こえそうな程に心臓をバクバクと鳴らしていた。

そんな親友の心境を察し、九十九が頭を抱えてしまう。

（コマコマ〜……）

（はあ、何やってるんですかまったく……）

◇

――二限目。

制服からジャージへと着替え、グラウンドに集められていた猫丸達は一律にその白洲の上で男女に分かれて体育座りをしていた。

その眼前で、数枚の紙を挟んだバインダーを片手に持った体育教師の男が今回の授業について説明する。

「今日から体育祭に向けた内容で授業をしていく。今回は１００メートル走だ！」

――１００メートル走。

学年・男女問わず、唯一全生徒が参加する個人種目。

学年・男女別に六人がレーンを走り、順位を決めるという至ってシンプルな競技だ。

「スタートの形は全員クラウチングスタートで統一。このスターティングブロックを使って走り出してくれ」

そう言いながら、教師は生徒達の目の前でスタートの仕方を披露し、それに応じて生徒達も一斉に「はーい」と返事する。

見本という形で教師が10メートル程走った後、戻ってくると共に説明を続けて。

「――とまあこんな感じだ。スタートの合図はコイツを使って鳴らすから、それと同時に走るように……」

と、ポケットから一丁のピストルを取り出したその時、

「ったぁ⁉」

教師の右手からピストルが消えた。

突如として宙を舞ったピストルは弧を描きながらグラウンドに落下すると、ほぼ同時に一つの小石がその側に落ちる。

痛みのあまり教師が右手を押さえ、生徒達も何が起こったのか全く分からないでいると、

「まさか堂々と得物を見せてくるとはな」


片膝を突いた状態で左手を伸ばしていた猫丸が、その鋭い瞳で教師の困惑した顔を捉えていた。

「ギリギリまで殺気を隠したのは見事だったが、最後の一手は悪手だったな。さあ答えろ、貴様は一体何者だ？　返答次第では、ここで……！」

指をポキポキと鳴らしながら、更に瞳の鋭さを増す猫丸。その表情からは敵意と殺意が浮き彫りとなっており、今にも飛び掛かりそうな体勢を取っていた。

教師を含め、生徒達が事態と状況を呑み込めぬまま顔を青褪めさせる中。

「ち、違いますよ黒木さん！　アレはスターターピストルと言って、陸上競技などに使われる物でして……」

いち早く全てを察した九十九が猫丸に、先程投げつけられた小石に吹っ飛ばされたピストルについて説明した。

「大丈夫だ、咬狛。この男は俺が今すぐ取り押さえる。銃も責任もって俺が……」

「そうじゃなくて！　あのピストルは競技の開始に使用される号砲なんです！　本物のピストルでも何でもないし、先生も危ない人でも何でもないんですよ！」

「というと、あれは銃弾も何も装塡されていないただの空砲だと？　俄かには信じ難いが……」

「でしたら、実際に一発撃ってみてください」

九十九に言われた通り、猫丸は地面に落ちたピストルを拾い上げる。

また石を投げられると怖いので教師やクラスメイト達が黙ったままその様子を見届ける中。猫丸はそのピストルの銃口を地面に向け、ゆっくりと引き金を引いた。

パンッ！　という乾いた銃声が澄み渡る青空に響く。

須臾にして静寂が訪れると、猫丸はピストルの射線上にある地面を見詰め。

「銃痕なし……。成程、確かに空砲のようだな」

「ね？　だから言ったでしょう？」

九十九が豊満な胸を支えるように腕を組んで言う他方で、ようやく分かってくれたと教師達も続々とホッと安堵の息を吐いていった。

九十九の必死の解説のお陰でなんとか猫丸の誤解が解けた為、授業が再開する。

「よーし、それじゃあ男子から始めるぞー！　位置についてー、よーい……――」

未だにヒリヒリとする右手の代わりに教師は左手でピストルを持つと、それを青空に向けて発砲の準備をする。

それに従い、最初の六人の男子生徒がスタート地点に立ち、ブロックに足を置き、開始の合図を今か今かと待っていた――すると。

「――パンッ！」

「ギャアアアアアアアアアアアアアア‼」

グラウンドに発砲音が響くと同時。突然、走者の一人である陽太が胸を押さえながらその場に倒れた。

悶えに悶え、今にも死んでしまいそうな形相でのたうち回る陽太。

しかしそんな中、一緒に走る予定だった者達や体育座りで待機していた生徒達からは何故か一様に笑い声が発せられていた。

「おいおい、何やってんだよ陽太〜」

「それ本番でやるヤツだろ？　なに練習の段階でやってんだよ〜！」

「いや〜、わりぃわりぃ！」

友人のツッコミに対し、先程の苦悶が嘘だったかのように陽太はケラケラと笑いながら返した。

一体どういう事なのか。結論から言うと、先程の陽太の苦悶に満ちた姿は演技以外の何ものでもない。ただの冗談なのである。

ピストルが発砲されると同時に撃たれたフリをするという、運動会ではお約束とされている座興。

周知の演目を披露した後、周囲の笑い声に包まれながら役者を全うした陽太も笑顔でゆっくりと立ち上がろうとした——その時だった。

「どうしたアアアアアアアアアアアア!?」

和やかな空気と笑い声を掻き消すかの如く、猫丸が悲痛な叫びを上げながら陽太の許に駆け寄った。

「おいっ！　大丈夫か!?　しっかりしろ！」

「え？　いや、大丈夫なんですけど……」

血相を変えた猫丸に圧倒され、陽太は困惑を顕にしてしまう。

否、陽太だけではない。先程まで笑っていた者達全員が、一人の例外も欠ける事なく困惑のあまり硬直していた。

「クソッ、何て事を……。やはりその銃、ただの空砲ではなかったんだな！」

「えっ⁉　い、いや、俺は何も……」


猫丸の鋭くした目が再び教師の方に向く。

先程の出来事も相まり、教師は驚くと共に動揺してしまう。

いよいよ事態の収拾がつかなくなってしまう事を危惧し、九十九が再び動き出そうと……。

「お前を即刻拘束する！　抵抗すれば命の保証は……」

「待て、ブラックキャット」

する前に、紅音が猫丸を呼び止めた。

猫丸をはじめとし、その場に居る者達の視線がその少女に集まる。

「いいか落ち着け。あの拳銃の銃口は天を向いていた。つまり、このサルを撃ったのはあの者ではない！」

（（（おおっ！）））

紅音の発言にクラスメイト達がどよめいた。

発言の内容にではない。教師が陽太を撃っていない事など、猫丸を除く全ての人間が知っている。

あの紅音が、普段突拍子もない言動ばかりしているこのクラスの核爆弾的存在のあの中二病が、もう一人の核爆弾に静止を呼び掛けている。

その目を疑うような光景に、彼らはどよめいていたのだ。

勿論その中には、彼女の親友である九十九も含まれていて……。

（よかった……）

どうやら、自分が出るまでもないみたいだ。

ゆっくりと猫丸の許へ歩み出す親友の背中が心なしかいつもより大きく見える。

九十九はホッと胸を撫で下ろし、他の生徒達と共にこのまま授業再開へとなる事を期待する……が。

「な、成程……。じゃあ一体、誰が猿川を……？」

「おそらく遠距離からの狙撃であろう。先の空砲に合わせ、銃声を掻き消してサルを撃った可能性が高い」

（あれっ⁉）

その期待は、無情にもあっさり裏切られてしまうのであった。

全くの見当外れ。よりにもよって更に事態をややこしくしてくるとは。いや、あんな中二病に期待した事が最初から間違っていたのだ、と生徒達は続々と失意のどん底に落ちていく。

しかし、その中で唯一失意も失望も何一つ抱かず、ただただ尊敬の眼差しを彼女に向ける者が居た。

誰もが少女の推理の間違いに気付く中、たった一人だけ、それを真っ直ぐに信じる者が。

「確かに、それなら辻褄が合うな。という事は、被弾した射線上にスナイパーが居る可能性が……！」

「ああ。しかし気配を感じん。どうやら既に逃げおおせたみたいだな」

最初から居ない刺客を警戒する猫丸と、まるで刺客が居たかのように呟く紅音。

教室の時と同様、目の前で構築される二人だけの世界にクラスメイト達はただただ言葉を失ってしまう。

しかし、流石に耐え切れない者も現れ始め、

「だあぁもう！　スナイパーなんて最初っから居ねぇよ！　お前らもうとっと離れやがれ

ってんだ！」

羞恥心と苛立ちがとうとう限界を突破し、陽太が二人に元の居場所へ戻るよう怒号する。

が、その声と意思が彼らの耳に届く事はなく……。

「！　なんという事だ……」

「どうした、竜姫？」

猫丸達の側にいた紅音がその場にしゃがみ込むなり、突然嘆いた。

見慣れぬ彼女の青褪めた顔。聞き慣れぬ彼女の悲嘆の声に猫丸が首を傾げていると、紅音は陽太の左胸に付着していた小さな結晶を摘むや否や、それを猫丸に見せ付け。

「見えるか、ブラックキャット？　この透明な結晶体が」

「ああ、一応見えなくもないが……それがどうかしたのか？」

「感じる、感じるぞ……。この小さな結晶体から滲み出る禍々しい魔力、指先から伝う我が身を侵食せんとする邪気。間違いない、これは――『邪毒蛇の牙』だ……！」

意味深にそう呟いた。

その単語に意味などない。紅音が指で摘んでいる結晶は、陽太が倒れながら胸を押さえた際に偶然付着してしまったグラウンドの砂の欠片――ただの石英だ。

魔力なんてものは勿論、触れた者の精神を侵食する能力など持っていない。

だが……、

「ヒュ、ヒュドラの牙……だと⁉」

何故かその単語を耳にした瞬間、猫丸は驚愕を顕にした。

「た、竜姫、それは本当なのか⁉」

「ああ。私の眼は誤魔化せんぞ。おのれ……、よもやこんな特級呪物を用いようとはな」

ただの砂粒を睨みながら紅音が呟く一方で。確認を取るように訊ねるなり、その返答を聞いた猫丸も同じくその砂粒を凝視していると。

（ヒュドラの牙……。まさか、まさか……――）

その名称を何度も反芻し、止め処ない冷や汗と共にわなわなと震えながら、

（まさか本当に実在していたとは……！）

まるで雷に打たれたような衝撃を受けていた。

一見ただの砂粒。同じ物がそこかしこに散らばっている、無害以外の何ものでもない結晶の欠片。

しかし彼の目には裏社会に生きる者なら誰もが知っている、凶悪な兵器に映っていた。

（かつて欧州の闇社会を壊滅に追い込んだという邪毒の凶弾。あのスーパーノヴァを開発した忌々しいマッドの発明品の一つがまさかこんな小さな物だったとは……）

それは正に神の悪戯とでも言うべきか。

今この場所では、以前猫丸が紅音達を初めて追跡した時と同じ現象が起こっていた。

転入初日、彼女達が屋上で昼食を摂っている姿を盗み見ていた時の事。

偶然耳にした、標的の右腕に秘められた地球をも破壊する超兵器――スーパーノヴァの存在。

それと同等の名称が今、再び標的である伝説の殺し屋の口から発せられた。

スーパーノヴァ同様資料なんてほとんどない。画像すら確認されていない存在自体あやふやな兵器。

それがあの砂粒程の大きさの結晶？　いくらなんでも有り得ない。誰が何と言おうと信じられる筈がない。

しかし、

（あの紅竜が言うなら間違いない……のか？　いや、流石に鵜呑みにするのは。しかしあの自信に満ちた表情……、疑うのが野暮にすら思えてしまうくらい妙な説得力を感じる）

いつになく真剣な紅音の顔。

彼女の真っ直ぐな嘘は猫丸を容易く信じ込ませた。

否、真っ直ぐな嘘というのは少し違うかもしれない。紅音は今指の腹に載せているその結晶を本気で禍々しい呪物だと思っている。たった今、彼女の頭の中でそういう設定が作られたのだ。

嘘を嘘だとも思わない。それが彼女の最大の強みであり、罪なのである。

「それで、猿川は助かるのか？」

「無理だ。この毒は如何なる手をもってしても解毒する事は不可能。このままゆっくり体が腐り落ち死を待つだけだ」

「ちょっ⁉　お前ら何言って……」

放置されていたかと思えば、突然死ぬ事が決まったかのように話す二人に陽太は驚愕する。

なんだか嫌な予感がする。今すぐここを離れなくては。

そんな考えが頭を猛スピードで過る中、まるで予知していたかのように猫丸が悲しそうな表情で陽太に近付き。

「そうか……。済まない猿川、この俺が不甲斐ないばっかりに……。苦しいだろう。今すぐ俺が楽にしてやるからな……」

「先生助けて！　殺される!!」

◇

その後、再び九十九の必死の説得もあり、陽太はなんとか死を免れた。

危うく命を落とし掛け、涙目で友人達の許に逃げ込む陽太をクラスメイト達が温かく見守る中。猫丸が突然ポケットからポリパックを取り出し、その見覚えのある光景に九十九は我慢出来ず訊ねてしまう。

「黒木さん黒木さん、何をしようとしてるのか一応訊いても？」

「決まっているだろう。あのヒュドラの牙が目の前にあるんだ。即刻回収し、家の者に鑑識を……」

「いや止めといた方がいいですって。絶対また笑われちゃいますよ？」

ただの砂粒だと何度説明しても一向に納得してくれない。

タコさんウィンナーの件で痛い思いをした筈なのに、どうしてこの人は成長しないのだろう。

真剣な顔付きで紅音から受け取った砂粒をポリパックに詰める猫丸を、九十九は密かにダメな子認定した。

尚、この後猫丸が帰宅して早々活き活きとした顔で砂粒入りポリパックを提示し、寅彦をはじめとする家の者達からアホの子認定されたのは言うまでもない。

そんなこんながあり、脱線に脱線を重ねた授業はようやく再開する。

先に男子が走り、ペアとなった女子がそのタイムを計測。その後は入れ替わり、走者となった女子のタイムを今度は男子が計測するという内容だ。

既に十人以上の男子生徒が一走目を終えており、ゴールと共にタイムを確認後、次々と元の居場所へ戻っていく。

ちなみに、先刻の猫丸達の遣り取りもあってか、陽太の二の舞を避ける為、全員が今までに無い程に真面目に授業に取り組む姿勢を見せていた。

「ハアー……。ったく、ヒデー目に遭ったぜ」

「おー、お疲れさん」

一走目を終え、タイムを確認した陽太がスタート地点に戻ると、既に走り終えていた友人達の許に駆け寄る。

まだ授業は始まったばかりだというのに、既に疲労困憊の様子。その理由は走った事によるものでなく、その前の出来事が大きく影響していた。

「体に異常をきたしたらすぐに言え。俺が介錯してやるからな」

「いや介抱してくれよ！　つかテメェにはゼッテェ頼まねェし！」

たまたま近くに居た猫丸が声を掛けるが、怒り混じりに拒否される。

せっかく気に掛けてやったというのに、なんたる態度か。

「次ー、準備しろー！」

「俺か……」

教師が次の走者にスタート地点に着くよう呼び掛けた。

その声に応じ、猫丸もゆっくり立ち上がると、両足の裏をブロックに接着させ、一緒に走るクラスメイト達と同じ体勢でスタートの合図を待つ。

一方その頃、ゴール地点ではストップウォッチを片手に持った紅音と九十九がそれぞれのペアの計測の為待機していた。

「見よコマコマ！　10秒ジャスト！　フフフ、遂にこの私も時を支配するまでに至ったか……」

笑顔ではしゃぎながら、ストップウォッチに表示された『10・00』を九十九の顔の前に突き出す紅音。

「わあ、凄いですね。でもそろそろ授業に戻らないと。タイム計り忘れちゃった〜ってなったら、黒木さんに怒られちゃいますよ」

「！　ヤバッ！」

九十九に指摘され、紅音は慌ててストップウォッチの数字をリセットする。

その姿を後ろから眺め九十九はクスクスと微笑んだ後、遠くに居る教師に手を振りこちらの準備が整った事を伝えた。

向こうもこちらのサインに気付くと、手に持ったスターターピストルを掲げ、「位置についてー」と叫ぶ。

「もうすぐですね」

「うむ」

ボタンの上に指を置き、発砲されるのを今か今かと待つ紅音達。

掛け声が「よーい……」に変わり、ただじっくりとその時を待ち続けていると、

「――パンッ！」

遂に響いた発砲音と共に猫丸達が走り出し、紅音達も一斉にストップウォッチをスタートさせる。

（まっ、黒木君なら断トツで一位に決まってるか）

確信の思いを紅音は心の中で呟く。

自分は知っている。彼が他の人間達とは違う事を。有象無象とは一線を画す、正に超人という言葉が具現化したような存在である事を。

そんな彼が一番最初にここに辿(たど)り着く事を信じ、紅音はジッとその場で待ち続ける。

しかし、

「……あれ？」

幻覚だろうか。彼の姿が他の者より小さく見える。

一番大きくなければ、一番小さくもない。普通の大きさだ。

おかしい。自分の知っている彼はこんなものではない。こんなものでは……。

「ブラックキャット……」

ようやく最初の走者がゴールする。続々と他の者達もゴールし始め、猫丸もそこに紛れて透明なテープを切った。

徐々にその足を緩めると、そのままタイムを確認しに紅音の許へと向かっていく。

「竜姫、何秒だ？」

「12秒34……」

ストップウォッチを見詰めたまま、紅音がそこに刻まれた数字を答える。

「そうか、上々だな」

安心した様子で猫丸はそう呟くと、そのまま流れるようにスタート地点に戻ろうとした——その矢先。

「どういう事だ？」

依然として手に握られた数字を見たまま、紅音がボソッと呟いた。

顔を上げ、段々と遠くなっていく猫丸の背中の方を向くと、少し怒気を宿した声で続けざまに訊ねる。

「私が知っているブラックキャットはこんなものではない筈だ。答えよ。何故にここまで衰えた？」

すると、猫丸はピタッと足を止め、やれやれとばかりにため息を吐いてから振り返り。

「加減しているに決まっているだろう。練習とはいえ、こんな表舞台で目立つような真似出来るか」

そう言い残し、猫丸は再び足を進めた。

（流石にこれ以上目立つ訳にもいかんからな。本番もこの調子でセーブしていくとしよう）

転入初日の体育に加え、つい最近あったサッカー部での愚行。

これ以上この学校で目立ってしまっては、いよいよ本格的に仕事に支障が出てしまう。

それを防ぐ為にも、出来る限り自分を凡人に見せる必要がある。

幸い走るだけなら球技よりも簡単。一緒に走る者達に合わせ、スピードを調節すればいい。

（あとは他の競技だな。二人三脚、騎馬戦……、団体競技はどうしたものか）

目先の問題を解決すると、猫丸は次の課題に向け独りブツブツと唱え始める。

一方、その背中を眺めながら、紅音は一人何とも言えぬ表情を浮かべるのであった。

それからも授業は進み、男子全員が走り終えた頃。

「さっ、頑張りましょう紅音！」

「うん……」

紅音と九十九を含む六人の女子生徒がスタート地点に並び、屈伸や伸脚と各々が思い思いの準備運動に励んでいた。

今度は女子が走る番で、男子が計測係を務める番である。

真っ直ぐ(ます)先のゴール地点ではこれから走る女子と同じ人数の男子が待機している。

そしてその中には、紅音のペアを務める猫丸の姿も。

（さっきの発言って、やっぱりそういう意味なのかな……）

遠くに居る豆粒程の大きさの彼を見て、紅音はつい迷いが顔に出てしまう。

（ハッ！　いけないいけない、こんなんじゃ周りにボーッとしてるって思われちゃう）

紅音は両手で頬を軽く叩いた後、ゆっくりと深呼吸しながら精神を研ぎ澄ましていく。

考え事は後回し。今は授業に集中しなくては。

いつになく気合を入れる紅音。それを隣のレーンで九十九が一瞥すると、少しだけ嬉しそうに微笑んだ。

「何？　コマコマ」

「いいえ何も。ちょっと思い出し笑いをしてしまって」

「フーン」と紅音が返す。教師の声に合わせ一斉にクラウチングスタートの体勢を取ると、生徒達は静かに最後の合図を待つ。

そして、教師がゆっくりとピストルの引き金に指を掛け、発砲音が空に響いた――

――それからおよそ数十秒。

「……お疲れ様」

「ゼェ……ゼェ……」

荒い呼吸を繰り返し、地べたに這いつくばる紅音に猫丸が困惑した様子で声を掛ける。

「一応訊いておくぞ。それで全力……じゃあないよな？」

「と、当然だ！　ゼェ……ゼェ……。力を封印しているのが貴様だけと思ったか？　ゼェ……ゼェ……」

尚も荒い呼吸を続け、背中をじっとりと濡らし、今にも死にそうな顔で紅音が返答すると、猫丸は更に困惑した様子で。

「はあ……。しかし、流石にゴールくらいはした方がよかったんじゃないか？　これじゃあ逆に目立ってしょうがないぞ」

「そ、そうだな……。どうやら加減の仕方を誤ったようだ。フッ、私もまだまだといったところか……」

やれやれと微笑する紅音を見てそれ以上にやれやれと言いたげに猫丸は頭を抱えた。

今紅音が倒れている場所はゴール地点ではなく体の両隣を白線が通るレーンの上。それもゴールまで残り5メートルという何とも口惜しい地点。

スタート早々に他の走者に置き去りにされ、彼女らの背中を追うように全力で疾走するも50メートルを越えた辺りで体力が限界に。遂には足も動かなくなり、紅音は道半ば力尽きてしまったのであった。

その一部始終は教師や待機中の生徒、先にゴールした生徒の目にも入っており、無論猫丸もその中に含まれている。

が、クラスメイトの全員が紅音の体力が尽きた事を悟る中、唯一猫丸だけがただの演技だと勘違いしていた。

（加減……。やはりそう都合よくはいかないか）

指で顎を持ちながら猫丸は思考に耽る。

体育祭と聞いた時、もしかしたら紅竜の運動能力を観察出来るのではと一瞬期待したが、すぐにそれは無理だろうと悟った。

殺し屋とは闇の社会の住人。表の舞台に紛れ込む際は、周囲に溶け込めるよう力を制限するのが常識である。

人の目が光るところで全力を発揮するなんて有り得ない。

猫丸でさえ練習は勿論、本番でも本気を出すつもりはこれっぽっちもないのだから。

きっと彼女も最後まで全力を見せるつもりはないのだろう。

流石にゴール目前で倒れるというオーバーな演技には驚かされたが、おそらくこれは猫丸のように周囲に凡人であると装う為でなく、紅音は凡人にも満たない雑魚中の雑魚。いつでも首が獲られてもおかしくない鼠輩であると、こちらに見せ付ける事が目的だろう。

（フン、見縊るなよ。今更そんなブラフが通じると思うな）

猫丸はもう標的を侮ったりしない。驕ったりもしない。

この女がそこらに蔓延る鼠共とは違い、自分ごときでは手も足も出ないような強敵である事など百も承知なのだ。

そうやって弱者を装ったところで、紅竜への評価は変わらない。

そうやって如何にも隙だらけな姿を晒したところを、迂闊に手を出す程愚かでもない。

（いつまでも掌で踊る俺ではないぞ、紅竜！）

しかし、そんな猫丸の考察とは裏腹に、紅音は真の意味で全てを曝け出していた。

（ヤバいヤバいヤバい！　このままじゃ絶対にマズい！）

まさかゴールすら出来ないとは。いくらなんでも予想外過ぎた。

一位は無理にせよ、流石にビリにはならないだろうと驕っていた自分が恥ずかしい。

猫丸の顔が見えない。というか見られない。こうして顔面を地面に接吻させていないと、恥ずかしさのあまり死んでしまいそうだ。

周りからはどんな目で見られているだろう。彼からはどんな目で見られているだろう。

考えたくない。想像したくもない。早く死にたい。

「紅音！　大丈夫ですか⁉」

紅音がこのままグラウンドとの一体化を図ろうとしたその時、九十九が焦った様子で猫丸達の許に駆け寄ってきた。

須臾にして到着した九十九はすぐさま紅音を背負った後。

「まったく、倒れるくらいなら途中から歩いたってよかったのに。すみません黒木さん、紅音は私が運ぶので、記録は『なし』と記載してもらってもいいですか？」

「あ、ああ、分かった」

猫丸に指示を出し、そのまま休めそうな場所へと連れていく。

夏が近付いているせいか、今日はいつにも増して気温が高い。どこか涼しい場所に運ばなくては。

校庭の端の木の影へと九十九が足早に向かうその道中。九十九におんぶされた紅音が疲労困憊の低い声で囁く。

「コマコマ、一生のお願いなんだけど……いい？」

「もう十回以上聞いてますけど、いいですよ」

このままでは彼に見限られてしまう。

変わらなくては。変わらなければ！

「私の練習に協力して！」

「はいはい、分かりましたよ」

◇

——体育祭まで残り二週間。

今日も今日とて授業の一環で体育祭に向けた練習を行う猫丸達。

今回の授業は全員参加の男女合同競技——二人三脚。

男女がペアを組み、それぞれの片足を紐で結んだ状態でゴールを目指す競技である。

ペアの相手は互いの相性を測る為、様々な相手と練習を行い最終的に最も相性の良いペアで本番に臨む……というのが流れであるが。

（大丈夫でしょうか、あの二人……）

胸の前で拳を握りながら、不安に駆られる九十九。

その視線の先ではとあるペアが神妙な面持ちでスタート地点に立っていた。

（ま、まさか、表社会にこんなイカれた競技があったとは……！）

額に冷や汗をダラダラとかきながら、顔を真っ青にする猫丸。

（落ち着いて……、落ち着いて……！　これくらいの密着なんて今更でしょ！　大丈夫、冷静に。冷静に……）

その隣では、猫丸とは対極に頭から湯気が出そうな程に紅音が顔を真っ赤にしていた。

運動能力に注目すれば真逆もいいところの二人。

しかし他に相手を探そうにも、悲しい事にクラスで特級の色物枠として認識されている彼らとペアになろうとする者など誰一人として居なかったのである。

一言も発さぬまま、硬直し立ち尽くす両者。

二人の隣り合う足首には赤色の紐(ひも)がキツく結ばれており、残酷にも彼らの密着を余儀なくしていた。

「やれやれ、よもや貴様とペアを組む事になろうとはな……」

(ヤバいどうしよう……、心臓の音がうるさ過ぎてなんにも聞こえない！)

「フン、足手まといだけにはなるなよ？」

(今日が俺の命日か。フフッ、呆気(あっけ)ないものだな……)

互いに口こそ動かせるものの、決して目を合わせようとしない両者。

止め処(とど)ない緊張によりテンパってしまった紅音は、その目線を地面から外す事が出来ず。

一方の猫丸も、己の死を悟り澄み渡った天を仰ぐばかりであった。

「よーし行くぞー。位置についてー、よーい……――」

まだ心の準備が整っていないというのに、教師の掛け声が無情にも刻一刻とその瞬間が迫っている事を宣告する。

　既にどの足からスタートするかを決めた他のペアが構える中、唯一何も話し合っていない猫丸・紅音のペアは互いに抱えた想いを枷にしたまま慌てふためいた。

「お、おい！　マズいぞ、どうする？」

「と、とりあえず一歩目は右足で行こっ。後はもう流れで！」

「りょ、了解した！」

　ひとまずその場凌ぎの作戦を立て、他のペア同様構える二人。

　そして遂に、教師がピストルの引き金を引くと同時、発砲音が全員の鼓膜に触れた――

　その時、

「――ドンッ！」

　猫丸・紅音ペアはその場で派手にすっ転んだ。

「いったあああああああ！　もう何すんの黒木君！　私今思いっ切り宙に浮いたんだけど!?」

「知るか！　俺だってお前のせいで思いっ切り頭打ったんだぞ！」

　共に涙目で後頭部を押さえながら怒号を飛ばし合う両者。

　教師や他のペアが固まったまま静かに見守る中、二人は尚も口論を続けて。

「大体お前が右足から行こうって言ったんだろう！　なんでお前まで右足出してんだ！」

「普通私が右足でって言ったんだから私が右足出すのは当然じゃん！　そこはこっちの意図を汲んで、左足を出すのが気遣いってもんじゃないの⁉」

「おまっ、よく言えたな……。お前こそちっとも気遣い出来ていないくせに……！」

人目を憚らず更に口論を激化させる猫丸と紅音。

そんな二人を見兼ね、九十九が仕方ないとばかりに二人の許に駆け寄ると。

「まあまあ二人共その辺に。そうだ黒木さん、試しに私とペアを組んでもらってもいいですか？」

「!!」

唐突な九十九の提案に猫丸は驚き、そしてそれ以上に紅音が驚いた。

「咬狛と？　まあ別に構わないが……」

「⁉」

まさか了承すると思わなかったのか、紅音が言葉も出ない程に驚愕した。

その返答を聞き、九十九が「じゃあお願いします」と告げた後。猫丸と紅音の足を縛っていた紐を解き、今度は自分の左足と猫丸の右足を結ぶ。

その傍らで、紅音が膨れっ面で九十九を恨めしそうに睨んでいると、二人は一切気にせずスタート地点に立ち、教師の放つ号砲と共に走り出した。

（！　コイツ……）

スタートから特に乱れる事もなく走り続ける両者。

ただ真っ直ぐにレーンを走りながら、猫丸は密かに吃驚していた。

（付いてきている……いや、合わせてきている？）

「もう少しペースを速めてみましょう」

「ああ……」

——それからすぐにゴールに到達。

足の紐を解いた後、九十九は重力に身を任せるように地面に座り込んだ。

「フウ！　いや〜疲れましたね〜」

額に汗を滲ませながら、笑顔でそう呟く九十九。

白い体育着に封じられた豊満な胸をゆっくりと揺らす彼女を見て、猫丸も「ああ」と返した後。

「しかしやるな咬狛。最後は少し本気で走ったのに、しっかり合わせてくるとは」

「アハハ。この咬狛九十九、意外な才能開花というヤツでしょうか」

満面の笑みで答える九十九に、猫丸は驚きを隠せずにいた。

こちらの歩幅、ペースをいち早く掴み、まるでもう一人の自分かと錯覚してしまう程見事に息ピッタリに走る姿。

まったく、何が運動は苦手だ。何が赤組の勝利に貢献出来るかどうかだ。

無自覚な強者というのも困りものだな。

でもこれで二人三脚の心配はなくなった。本番も九十九とペアを組めば、特に問題もなく高順位が狙えるだろう。

そう確信し、本番でもペアを受け持ってくれるようお願いしようとした……その矢先の事だった。

「でもやっぱり、私ではダメですね」

突然、九十九がそんな事を呟いた。

やおらに立ち上がり、尻に付いた砂を手で払うと九十九は猫丸の顔を見るなり続けて言葉を発した。

「黒木さん、やっぱり紅音とペアを組んでください」

「？　何故だ？　お前以上に適任な奴なんて他に居ないと思うが」

「そうかもしれませんね。けど……」

猫丸が首を傾げる目の前で、九十九は瞳を閉じたまま一度だけ頷く。

その直後、再び目を開いた九十九は眼鏡(めがね)のレンズ越しに猫丸の左眼(ひだりめ)を真っ直ぐに見詰めて。

「紅音のペアに相応(ふさわ)しいのは黒木さん、貴方(あなた)しか居ない。そして黒木さんのペアに相応しいのも、紅音しか居ないんです」

「……？」

尚も猫丸は首を傾げた。

一体どういう意味だろう。少なくとも今の自分と紅音の相性は最悪もいいとこだ。

標的(ターゲット)であり伝説の殺し屋である彼女と体を近付けるだけで心臓の鼓動が激しくなり、つい臨戦態勢を取ろうとしてしまう。

加えて脳みそはパニックになり、顔を見る事すら避けてしまうのだ。

そんな自分が紅竜(レッドドラゴン)のペアに、竜姫紅音のペアに相応しい筈(はず)がない。

特に反論を返す訳でもなく、口を噤(つぐ)んだまま猫丸はだんまりを決め込んでしまう。

それを見て、九十九は仕方ないなと言いたげに微笑(ほほえ)むと。

「それに走ってる途中、黒木さんがさりげな〜く体を寄せてきて私の横乳に当たりにくるのが我慢なりませんし」

「ちょっ！　お前何言って……」

「ほう……？」

九十九の唐突なトンデモ発言に猫丸がギョッとしたその時。

背後から小さくて低い、殺気を孕んだ声が猫丸の耳にぬるりと入ってきた。

「成程、まさか貴様がそんな助兵衛だったとはな。見損なったぞ、ブラックキャット」

「た、竜姫？　いや待て、誤解だ誤解！　俺は断じてそんな事……」

「黙れ、この盛った野良猫がアアアアアアアアア！」

いつの間にかその場に居た紅音が猫丸に飛び掛かり、馬乗りになって頬をつねりに掛かる。

それに抵抗しつつ、猫丸が早く誤解を解くよう九十九を睨んできた。

九十九はクスッと笑う。

悔しいけど、不本意だけど、彼女に相応しいのはやはり彼なのかもしれない。

（ホント、ムカつきますねぇ……）

幕間　竜の決意

——体育祭まで残り一週間。

時刻は午後8時。欠けた月が闇夜を照らし、街灯が夜道に白円を並べる。

その一つに、真紅のジャージを身に纏い、顔肌から雫を滴らせながら一人の少女が膝に手をついていた。

「ハア……ハア……」

呼吸が乱れる。胸が苦しい。脚が生まれたての小鹿みたいだ。

足元から見覚えのないシミがこちらを見上げ、雫が一つ落ちる度に波紋と共に広がっていく。

その様子を少女はただただ無言で眺めていると、暗闇からペットボトルとタオルを持った九十九が心配そうに声を掛けてきた。

「紅音、今日はもういいのでは？」

「ダメ……、もう……一本！」

即答で拒否する紅音。顔を上げ、額と首筋の汗を渡されたタオルで拭うとそれを九十九に返す。

「でも、少し休んだ方が……」

「なに言ってんの、もう本番は目前なんだよ。ここで限界を超えられないようじゃ、いつまで経っても黒木君に顔向け出来ない！」

そう告げると、紅音は「タオルありがと」と最後に言い残し再びその足を前に進めた。

名前を口にしたせいだろうか。一瞬、彼の姿が頭に浮かんだ。

力を隠す事を良しとし、そのまま陰に隠れようとする彼の姿が。

止むを得ない事情があるのは分かっている。

それでも彼には全力を出してほしかった。全力を見せてほしかった。

分かっている。これはエゴだ。

彼の意図を、気持ちを全く汲んでいない。ただの自分の我が儘だ。

（多分だけど、黒木君は私が本気でやってって言えば、本気でやってくれる。なんとなくだけど、そんな気がする）

けれどその為には、こちらも誠意を見せなくてはならない。

自分がその発言に足る力を、相手に納得してもらい反感を買わないだけの説得力を身に付けなくてはならない。

ただ自分も全力でやればいいだけではない。それが相手にも伝わるよう、ちゃんとした結果も出さなくては。

（一位を取る……。最初の１００メートル走、そこで絶対一位を取る！　自分は全力でこの戦いに臨んでるって証明する為に。黒木君に全力で体育祭に臨んでもらう為に！）

相手の為になんてならない。迷惑以外の何ものでもない。

けれどせっかくの体育祭。彼には全力でこの人生初であろうイベントに臨み、そして楽しんでほしい。

そして何より、自分が見たいのだ。

平々凡々な者達とは違う、特別な存在である彼の全力を自分が見たいのだ。

超人的な強さを持っているのに、あえてそれを隠そうとする。

それもまた陰の実力者感があって非常にそそられるけれど。

彼の力に惚れた自分としては、もっとその力を奮う姿を見せてほしい。

もっともっと、自分に魅せてほしい……！

「このままでいいのでしょうか……」

「……？　何か言った？」

「い、いえ！　なんでも……」

後ろを走る九十九が不安を吐露する。

紅音は振り向かない。棒のようになった足を無理矢理動かし、鉛のように重たい体を眼前の闇へと突き動かす。

前しか向かない。進む以外の選択肢なんて無い。

ただ純粋に、そして真っ直ぐに。自分の欲望に向かってひたすら突き進むんだ。

それが竜姫紅音――レッドドラゴンなんだから。

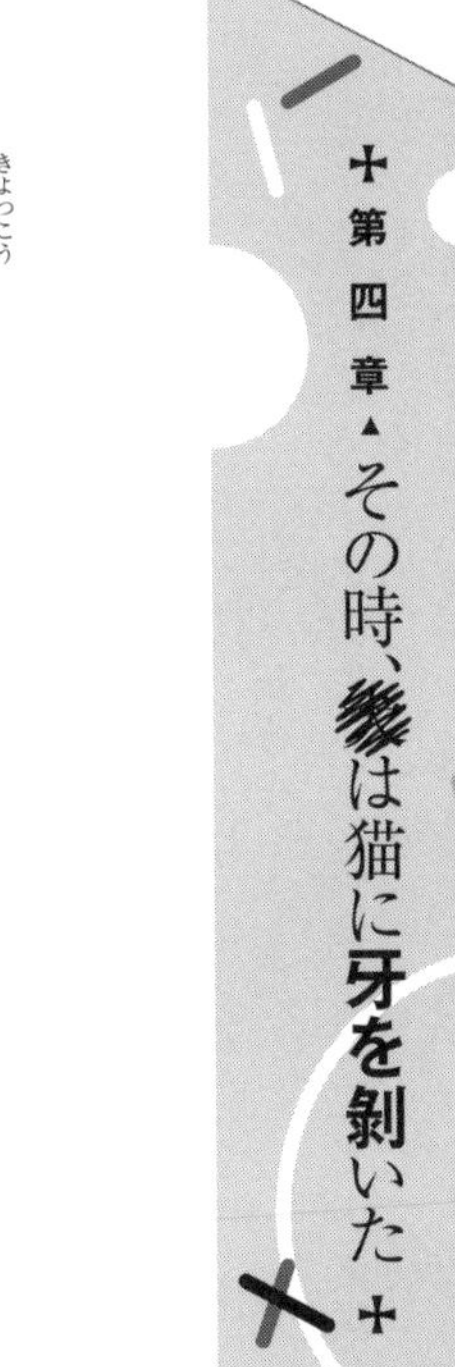

第四章▲その時、[illegible]は猫に牙を剝いた

——旭光(きょっこう)が地上に降り注ぐ。

無数の白線が地上絵を描き、白洲(しらす)の上で少年少女が並んでいる。

（凄(すご)い人の数だな……）

赤色の鉢巻を靡(なび)かせ、テントにあるスピーカーから流れる音楽に合わせて他の生徒達と一緒に体操をする猫丸(ねこまる)。

まだ競技は始まっていないというのに、既に大勢の生徒の家族がグラウンドを囲んでいる光景に驚きを隠せないでいた。

芝生の上にシートを敷き、三脚やカメラを準備する観客達。これが全員この学校に通う生徒達の保護者というのだから驚愕(きょうがく)だ。

無数のレンズがあちこちから向けられているのが分かる。

（これは少しでも注目を浴びるような行動を取れば即アウトだな）

元々目立たぬよう心掛けていたが、どうやら更に意識する必要があるみたいだ。とても全力なんて出せる状況じゃない。

このラジオ体操同様、一般生徒に紛れるようにしてこの体育祭を乗り切らなければ。

殺し屋とは裏社会の住人。表社会でその存在を主張するなどタブー中のタブー。

どんな事情があっても、どんな理由があっても決して目立ってはいけない。

そう目立っては……。

「ネコ――――!!　頑張れよオオオオオオオオオオ!!」

「!?」

聞き馴染(なじ)みのある叫び声がグラウンドに響き渡る。

一切のズレもなく周囲に同調して動いていた猫丸の体がその瞬間に硬直した。

ああ、ちょうど体を回す運動のところで良かった。

もし仮に、この後行われるジャンプのパートで声が聞こえていたら空中で止まっていたかもしれない。

「なんだ？　誰んとこの保護者だアレ？」

「すっごい人数……。あれって親戚まで来てるのかな？」

淡々と体を動かしつつも、観覧席で一際目立っているその集団に続々と意識が向いてexplanation

まう生徒達。

　あちこちからヒソヒソと憶測が飛び交う中、一人錆びたロボットのようにぎこちない動きをしながら顔を上げ、猫丸もその集団に目を遣ると。

「おっ、こっち向いた！」

「いいかお前達！　一秒たりとも撮り逃すんじゃないぞ！」

「「「承知しました！」」」

　やはり、と言うべきか。

　そこにはカメラを片手に元気よく手を振る寅彦と、二十人を超える執事達に真剣な表情で指示を出している豹真の姿があった。

「ったく、一体どこの親バカだ？　って、どした黒木？　そんなに耳真っ赤にして」

「なんで……。なんで……」

　体操が終わり、早速第一種目である一年生の１００メートル走が始まろうとしていた頃。

「なんで親父達が来ているんだよ!?」

　猫丸の動揺と焦りの混じった叫びが観覧席に響いた。

　憤怒の込められたその問いに、寅彦達は一律にきょとんとした顔付きで。

「なんでってそりゃお前、体育祭だぞ？　保護者が参加出来る数少ない学校の一大イベントだぞ？　じゃあ来るしかねェだろうがよ」

「だからって……、なんで一言も言ってくれなかったんだ」

「言ったらお前、絶対止めてくるだろ？」

「うぐっ……」

図星。痛いところを突かれ、猫丸は何も言えなくなってしまう。

寅彦の言う通り、彼らが体育祭を観に行こうとしていれば間違いなく猫丸は止めていた。殺し屋として目立つ事を何よりも避ける必要がある猫丸。それは同じ裏社会の住人である寅彦達も同じであり、表社会を生きる周囲にその存在が印象に残るのは非常によろしくない事だ。

彼らだってそれについては理解している筈。その筈なのに……。

「まあいいじゃねェか。せっかくの体育祭だってのに、家族が応援に来てくれないってのは寂しいもんだぞ？」

「ハアアアアアアアアアアアアアア…………」

猫丸は人生で一番長いため息を吐いた。

早速悪目立ちしてしまっている寅彦達に、恥ずかしさを通り越して呆れ果ててしまう。

まだ一つの競技にも参加していないのに、何故(なぜ)かドッと疲れてきた。

(とりあえず、このままやり切るしかないみたいだな)

今更帰れなんて言ったところで、駄々(だだ)をこねられ余計に目立つ羽目になるのは目に見えている。

それならいっそこの状況を呑(の)み込(こ)み、彩鳳(さいほう)高校の生徒Aという役割を全うするとしよう。

もし声を掛けられたとしても全力で他人のフリをする事。

自分は黒木家の息子ではない。殺し屋『黒猫(ブラックキャット)』でもない。表社会のどこにでも居る、ただの高校生だ。

自身にそう言い聞かせ、寅彦達から距離を取るように猫丸が後退(あとずさ)っていったその時。

「ここに居たか、ブラックキャット」

突然、背後から自身のコードネームを呼ぶ声が聞こえてきた。

ここが表社会の領域であるにもかかわらず、猫丸(じぶん)をそう呼ぶ奴(やつ)なんて一人しか居ない。

「直に第一幕の聖戦が始まるぞ。我々も戦闘に備えて整列せねば」

「竜姫(たつき)。それに咬狛(かみこま)まで」

呼び声に反応して猫丸は振り向くと、同じく赤い鉢巻を靡かせた紅音(あかね)と九十九(つくも)が揃(そろ)って駆け付けてきた。

小柄で華奢(きゃしゃ)な体を白いシャツとハーフパンツで包む紅音。

しかしやはりと言うべきか、その両腕に巻かれた包帯だけは相変わらずであり、他の者達と同じ格好でもその異彩っぷりは健在であった。

「黒木さん黒木さん、長袖長ズボンなんて暑くないんですか?」

「問題ない。今日は大した暑さでもないしな」

九十九からの問いに猫丸は即答で返す。

生徒の九割以上が紅音と同様Tシャツにハーフパンツという服装の中、猫丸はこの彩鳳高校で指定されている真紅のジャージを身に纏(まと)っていた。

無論、この姿でいるのだって意味がある。

彼の纏うジャージの下には制服でいる時と同様にナイフや銃をはじめとする無数の凶器が仕込まれており、いつでも標的(ターゲット)や刺客と戦闘出来るよう準備が施されている。

もっとも、これだけの衆人環視の中で武器を取り出すのはとてもリスキーだ。

これはあくまで備え。もし紅竜(レッドドラゴン)が本性を顕(あらわ)にしてきても即座に太刀(たち)打ち出来るよう装備しているに過ぎないのだ。

「お前こそ、その格好で暑くないのか?」

若干心許ない装備に不安を感じながら、今度は猫丸が九十九に問い掛けた。

　そちらから質問を投げ掛けておきながら自分と同じ指定ジャージ姿の九十九。

「うーん、本当は暑いし、脱ぎたいのは山々なのですが……」

　その質問に対し、九十九は少し困った表情を浮かべて、

「なんというかその……Tシャツになった途端、人の目が気になっちゃって」

「？」

　ハハッと小さく笑いながら恥ずかしそうに頬を赤く染め、胸を庇うようにして腕を組んだ。

　返答の意味が分からず、猫丸は首を傾げてしまう。

　自分と同様、何か複雑な事情や隠したいものでもあるのだろうか。

　そんな考察をしていた時、横に居た紅音が「ハア～」と大きくため息を吐いて。

「この唐変木め」

　何故か呆れられてしまった。

　尚も頭上に疑問符を浮かべてしまう猫丸であったが、ここでようやく気付いた。

　九十九がジャージを纏う理由ではない。

　それよりも遥かに重要で、重大な事……。

（待てよ……。そうだ、今なら伝えられるんじゃないのか⁉）

猫丸は一瞬だけ振り返る。

保護者の観覧エリアとして設けられた芝生に周囲を顧みずデカデカとシートを拡げ、暢気に次々とカメラのセッティングをしている寅彦達。

そしてここには長年裏社会を戦々恐々とさせてきた伝説の殺し屋であり、自身と寅彦が狙う標的の姿が。

なんという好機。もしかしたら、紅音があの紅竜であると伝えられるかもしれない！

言葉で伝えるのは悪手だ。この暗殺は自分と寅彦、そしてこの学校の校長である鳳崎忠宗の三人だけで計画されているものであり、豹真や他の執事達にその一切の情報が洩れてはいけない。

そして何より、ここで堂々と正体をバラしてしまえばこの女が何を仕出かすか分かったもんじゃない。

普段自分からそのコードネームを叫んでいる彼女だが、今回に限ってはどうなるか想像もつかない。

自分や寅彦達が殺されるか。もみ消しという形でこの場に居る者全員が屍と化すか。最悪右腕の超兵器が解き放たれ、地球ごと宇宙の塵となるか……。

ここが瀬戸際。文字通りの生と死の分かれ道……！

「寅彦様、よろしいでしょうか」

「おん？　どした豹真？」

午前中にもかかわらず缶ビールのリングプルを開けようとしている寅彦に豹真が声を掛けると、その人差し指をグラウンドのとある方向に向ける。

頭上に疑問符を浮かべつつ、寅彦は釣られるようにしてその方角に眼を遣ると。

「な〜にやってんだアイツ？」

白洲の上で一人、ひたすら跳ねたり屈伸したり逆立ちしたりを繰り返している猫丸の姿に更に疑問符を増やした。

「どうしたブラックキャット？　まるで怨霊が憑依したかの如く奇怪な動きをして」

「あ、ああ、もうすぐ競技だからな。少しでも体を温めておこうと思って……」

それを聞き、紅音が「成程」と返すが、無論そんな理由ではない。

猫丸は寅彦に紅音が紅竜だと伝える為、その身体能力を存分に活かしてボディランゲージを繰り出していたのだ。

多少大袈裟でもいい。紅音に怪しまれるのも周囲の目を引くのも致し方ないが、この方が嫌でも寅彦の目に留まるだろう。

奇妙・珍妙が服を着た存在である紅音に奇怪呼ばわりされるのは心外であるが、逆に動きが奇怪である程この少女がどれだけこの世の理から外れた存在であるかを伝えられる。

（頼む、気付いてくれ！）

紅音の方を向いたり寅彦の方を向いたりを繰り返し、必死の目配せで父に横に立っている少女について伝えている事をアピールする。

が、尚も意図が読めないでいた寅彦の疑問符は増え続けるばかり。

そんな時、猫丸のアピールに最初に気付いた豹真が再び彼の目配せにいち早く気が付いた。

「寅彦様、もしかするとあの少女が……」

「ハッ⁉」

豹真の耳打ちにより、寅彦もようやく心付く。

紅音があの紅竜である事？

否。彼の脳内で結び付いたのは、彼にとってそれよりも遥かに重要なことで……。

「アレか？　ネコが前に言っていた、料理は愛情云々ってヤツを教えたっていう……」

「ええ、おそらく」

「カア～～～ッ！」

この瞬間、寅彦は悟った。

自分の為（な）すべき事、自分の果たすべき役割を。

蒼天（そうてん）を仰ぎ、内側から込み上げる昂（たかぶ）りを必死に抑える。

（成程な、あの少女が……）

間違いない。あの少女こそが、紅と黒の瞳が特徴の小柄で幼気（いたいけ）なあの少女こそが、息子が気になっているという件（くだん）の人物。

（ああ、分かってるぜネコ。その娘にカッコイイところ見せたいんだろ？　俺達が精一杯引き立ててやっから安心しろ！）

本当は今すぐにでも話し掛け、そのまま縁談にまで持ち込みたいところだが、ここで慌ててはいけない。

当人同士の距離を近付ける為にも、ここはなんとか気持ちを抑え黒子に徹しなければ。

寅彦は顔を猫丸に向けた後、満面の笑みと共に親指を立てる。

それを見て、猫丸は……。

（ダメだ。多分……いや絶対に伝わってない！）

必死のボディランゲージが無意味に終わった事を悟り、大きく肩を落とすのであった。

◇

一年生の競技が終わり、続いて二年生の100メートル走が開始される。

寅彦達の許を離れた後。猫丸は紅音と九十九と一緒に、クラスメイトや他クラスの同学年の生徒達が整列している場所へと向かっていた。

「遂に始まりますね。お二人共、怪我だけはしないよう注意してくださいね？」

「ああ、分かっている」

九十九の喚起に猫丸は頷いて返した。

やる事は変わらない。練習通り、三位辺りを狙ってゴールすればいい。

他の競技に些か不安は残るものの、こんな走るだけの単純な作業なら楽勝もいいところだ。

これまでの授業でやってきた事を思い出し、今一度今回の目的を再確認していた時。

「ブラックキャット。一つ頼みがあるのだが、よいか？」

「頼み？」

紅音の唐突な要求に猫丸は驚いた。

あの紅竜（レッドドラゴン）が自分に頼み事だと？　いや、頼みと称して脅迫の可能性だってある。

すっかり疑り深く（うたぐりぶか）なってしまっている猫丸は、これから告げられる紅音の言葉に対し警戒心をマックスにして耳を傾けた。

それから一拍置いた後。紅音は意を決したように、自身の背後を歩く猫丸に向かって。

「私は全力でこの聖戦に臨む。だから貴様も全力を出してくれ」

「……は？　お前、何を言って……」

衝撃のあまり、思わず声に出してしまう猫丸。

あの紅竜（レッドドラゴン）が全力？　こんな表社会の行事一つの為に？

それに今、自分にも全力を出せと言ったのか？　そんな事出来る訳ない事くらい、向こうも理解している筈（はず）なのに？

疑念に満ち満ちた瞳で猫丸は前を歩く紅音を睨（にら）んでいると。

「返答は不要だ。あとは行動で示してくれればよい」

紅音は一度振り返り、猫丸の目を真っ直ぐ（ますぐ）に見詰めて一言。

「見ているからな、ブラックキャット」

――それから時は進み、競技は二年生の１００メートル走へと移っていた。

この競技は順位を決めると共に一位のタイムを計測するシステムとなっており、過去のレコードが本部のテントにある掲示板に記載されている。

足に自信のある者はこの記録を更新しようとやる気に満ちている訳だが、一方の猫丸はそんな事一切気にも留めていなかった。

続々と同学年の者達が走っていく背中を体育座りで眺めながら、猫丸は先程紅音が放った言葉について一心に考える。

（一体何が狙いだ？　何の意図があってあんな事を……）

意味が分からない。一体何のメリットがある。

こんなところで全力なんて出せば、猫丸だけでなく紅音まで一般人ではない事が、殺し屋である事がバレてしまう危険性がある。

普段あれだけコードネームを叫んだり目立つような行動をしても怪しまれなかったのは、周囲の者達が猫丸（じぶん）や紅音を中二病だと勘違いしているからだ。

その要因の一つとして、彼女の一見大袈裟とも取れる運動能力の無さをアピールした演技が大きかったと言える。

それでなんとかギリギリを保っていたに過ぎない。

そして今、それを当人が取っ払おうとしている。

(ダメだ、全く見当もつかない)

いつの間にか、自分の前に誰も居なくなってしまった。代わりに真っ直ぐに引かれた白線が目の前にある。

とうとう自分の番が回ってきてしまったのだ。

「よーし次、準備しろー」

スターターピストルを持った教師が猫丸達に次の走者となるよう呼び掛けた。

その指示に従い、猫丸達はやおらに立ち上がるや否(いな)や、一律にその足をスターティングブロックに接着させクラウチングスタートの姿勢を取っていく。

『私は全力でこの聖戦に臨む。だから貴様も全力を出してくれ』

ふと頭の中に響く彼女の声、言葉。

(何を考えている。別に従う必要なんてないだろう。むしろ、ここで俺を疲弊させるのが奴(やつ)の狙いの可能性も……)

『見ているからな、ブラックキャット』

(…………)

静寂に包まれるグラウンド。

乾いた風が砂塵(さじん)を乗せて大地に踊る。

「位置についてー、よーい……——」

教師の声と共に、全員が一歩目の準備をする。

誰が一番最初に前に出るか。誰が一番最初にゴールテープを切るか。

走者だけでなく観戦する他の生徒や保護者達が期待に胸を躍らせながら、今か今かと見守る中。

「——パンッ！」

轟く銃声。同時に沸き上がる観戦者達の声。

しかしそれも束の間。その場に居た全員がその光景を前に言葉を失っていた。

何故？　答えは単純。

彼らが目にしたのは一種の異世界。まるで魔法が掛けられたかのように、他に追随を許さない圧倒的スピード。

刹那の影も残さない。猟豹が如き、黒猫の全力疾走である。

「タイムは？」

「え、えーっと……、10秒01です……」

「チッ、大分落ちているな」

真っ先にゴールテープを切った後、動揺する計測者の口から告げられたタイムに対し猫丸は舌打ちをした。

自己ベストから程遠いタイム。全力で走ってこれという事は、それだけ自分の体が衰えているのだ。

もっとも、それでも100メートル走で一位を取るには充分過ぎるタイムであるが。

「な、何アレ……？」

「速っ……。あの子、ホントに高校生？」

ざわつきだす観衆。どよめきは次第に大きくなり、驚きと畏怖の入り乱れた視線が猫丸の体に突き刺さる。

（流石にやり過ぎたか……？）

やはり全力なんて出すべきではなかっただろうか。

勝利するだけなら簡単だ。適度な力で首位を獲れば外野からこうして好奇の眼差しを向けられる事もない上、体力を温存させつつ標的の首を狙えたかもしれない。

しかし、もしここで下手に手を抜いてしまえば、彼女の怒りを買う危険性がある。

それに比べればこれくらいのリスク……。

「うおおおお!!　流石ネコ！　アレッ！　アレ、ウチの息子なんすよ！」

「へ、へえ〜……、凄いですね……」

「…………」

聞き馴染みのある騒がしい声に思わず固まってしまう猫丸。

振り返ってみるとやはりと言うべきか。周りの保護者達に絡み、自分以上に目立っている寅彦達の姿を前にあれこれ心配や不安を抱えていた自分がバカバカしく思えてしまう。

「ほらネコ！　こっち向けこっち！　ピース！　ピース！」

「お見事です猫丸様！　この豹真、感服致しました！」

「ありがとう。もう帰ってくんない？」

◇

「やっぱ凄いなぁ……」

思わず口から零れてしまう感激、感動。

スタートからゴールまでのおよそ10秒。猫丸の走る姿を他の生徒達と共に後ろから瞬き一つせず眼の奥に焼き付けていた紅音は、誰にも気付かれない中でそっと小さな拳を握っていた。

やってくれた。魅せてくれた。魅せつけてくれた。

さて、今度は……。

『続いての競技は女子１００メートル走です』

「来た……」

自分の番だ。

今度は自分が彼に魅せつける番だ。

紅音は教師の指示に従い、一緒に走る同級生達と共に走る準備へと移る。

緊張か、それとも興奮のせいだろうか。体の震えが止まらない。

このレーンだって、今までの授業で何度も走ってきた筈なのに全く別の景色に見えてしまう。

白線を境に暗闇が広がり、足を進めればその一歩先がいつ崩れてもおかしくない崖道のような……。

「紅音、大丈夫ですか？」

「なんだコマコマ？　心配しているのか？」

「そりゃあ、まあ……」

立ち上がろうとしたその時、背後で待機している九十九から不安に満ちた声を掛けられる。

ずっと練習に付き合ってくれたからこそだろう。

でも、そうじゃない。こういう時に掛けてほしい言葉はそれではないのだ。

「大丈夫。大丈夫だからさ。心配しないで、ね？」

「はい……」

紅音はそう微笑（ほほえ）みかけると、そのままレーンの前に立った。

隣でも同じように同級生達がスタートラインに並んでいる。

一緒に走る生徒は全員美術部や科学部、帰宅部といった自分と同じ運動部に所属していない者達だ。

走者達になるべく実力差が出ないよう、足の遅い者同士速い者同士で構成されている。

そして自分は第一走者。一番足の遅いグループでまとめられているのだ。

悔しい。自分がもっと足が速ければ後ろの……、最後のグループで勝負が出来たかもしれないのに。

いや、こんな事今更考えていたって無駄だ。実力不足は承知の上。現実と、そして今と向き合わなくては。

ここで特訓の成果を披露する。成長した自分を見せ付けてやるんだ。

だから……。

(ちゃんと見ていてよね、黒木君)

「位置についてー、よーい……——」

(いや、ブラックキャット！)

「——パンッ！」

スタートの銃声と共に一斉に走り出す女子生徒達。

各々が懸命にその足を動かす中、誰よりも必死の表情で紅音は走り続けた。

(もっと、もっと速く……。もっと！)

隣を見る余裕なんかない。誰が後ろを走っているか、誰が前を走っているかなんて気にしていられない。

自分の我儘(わがまま)に、自分の勝手な期待に応えてくれた彼に少しでも返すんだ。

たとえ自己満でも。たとえ彼が望んでないとしても。

それだけが……自分に出来る事だから……！

ゴールテープが切られる。新しい一位の誕生を生徒や教師、観客達が盛大な拍手で祝った。

しかし、

「ハア……ハア……」

その祝福が彼女に向けられる事は無かった。

「あと少し……、あと少しだったのに……！」

必死に走った。我武者羅に走った。けれど、走り切った時には既にゴールテープは切られていた。

あと一人、あと一人さえ追い抜いていれば、自分がそこに立っていたのに。

係の生徒に案内され、紅音は既に走り終えた男子生徒達のところへと歩いていく。

そのまま数字の『2』が刻まれた旗を先頭に並んだ列へと加わって座ると、ちょうど左斜め前の1位の列に並んで座っていた猫丸の背中を見付けた紅音は。

「すまない、ブラックキャット。あれだけ大見得を切っておきながら、こんな無様な姿を晒す羽目になるとは……」

涙を必死に堪え、悔しさで身を焼かれそうになりながら、頭を下げてそう謝罪した。

すると、

「何を嘆く必要がある」

猫丸は俯いている紅音の方へとゆっくり振り向くなり、淡々と言葉を続けて。

「全力で臨んだんだろう？　ならいいじゃないか。誇れ、いつものように堂々と胸を張ってな」

「……！」

驚愕のあまり、紅音は顔を思わず顔を上げる。

まさかそんな言葉を掛けてもらえるとは。

てっきり「期待外れだ」とバッサリ切り捨てられると思っていたのに。

意外も意外過ぎて、何も言葉が出なくなってしまう。

（いつものように……か）

一瞬クスッと紅音は笑う。

今まで澱のように溜まっていた不安や焦りが嘘のように解消されていく。

つい先程までとは打って変わり、スッキリとした顔付きになった紅音は言われた通り堂々と胸を張り。

「そうだな！　フフン、どうやら観客達も我が韋駄天の如き疾走に目を剝いているようだ」

少し頰を赤らめながら、威勢よくそう叫んだ。

仕方がない。彼がそう言うのだから仕方がない。

いつもみたく、他の生徒達から忌避の視線を向けられても気にしない余裕を見せる紅音。

しかし、不思議とその視線が向けられていない事に今更ながら気付いた。

おかしいと思い、辺りを見回してみると、同級生――特に男子生徒達の視線がある一点に集約され、紅音も釣られるように視線を向けると。

「おおっ……」

「ヤッベェ……。俺、初めて神に感謝したかも」

一体いつの間にピストルが鳴ったのか。

次の女子生徒達が一生懸命にレーンの上を走っていた。

その中には親友である九十九の姿もあり、周囲の男子生徒達の熱烈な視線は彼女に向けられていると分かった。

正確に言うと、走る度にファスナーが開いていき、ジャージから徐々に顕（あらわ）となっていく彼女の白い双丘に。

そして、その釘付け（くぎづ）けになっている連中の中には彼の姿も……。

「………」

零れそうな胸を揺らし、額に汗を滲（にじ）ませながら苦悶（くもん）の表情を浮かべる九十九の走る姿をまじまじと見詰める猫丸。

陽太をはじめとする男子達が一律に頬を染め、口元を緩めながら煩悩剝き出しの眼を見

せる中。一人考え事をするように真剣な眼差しを向けていた——その時、

（殺気!?）

突如として襲い掛かる、背筋が凍るような殺気。

背中にピタリと銃口を突き付けられているような、一流の殺し屋すら軽く凌駕する途轍もない殺気が自身に向けられているのを感じた。

まさか新たな刺客が？　猫丸は瞬時に殺気が放たれる方へと振り返ると、憤怒と嫉妬を紅黒の双眸に宿した紅音が静かに見詰めて……否、睨んでいた。

「ブラックキャット……」

「いや違うぞ。お前は何か勘違いしている！　とりあえず俺の話を……」

今までに見た事のない表情と威圧感に圧倒され、猫丸は咄嗟に後退ってしまう。

が、一歩下がる度に紅音は一歩、また一歩と距離を詰めていって……。

「言い訳無用！　死に晒せエエエエエエエエエエエエ!!」

◇

その後、体育祭は順調に進んでいき、次の競技が幕を開けようとしていた。

「おい、大丈夫か？」

「ああ……」

競技参加の為、グラウンドに向かおうとする道中。髪はボサボサ、顔中傷塗れ、全身を砂で白く染色された猫丸に陽太は思わず心配の声を掛けてしまう。

問題ない事を告げたものの、競技開始前にもかかわらず既に満身創痍の様子の猫丸は、赤組テントにてクラスメイトの女子生徒達と一緒に待機している紅音を一瞥する。

視線に気付いたのか、紅音もこちらを見返した後すぐさまぷいっと顔を逸らしてしまった。

「…………」

どうやらまだ勘違いは続いているみたいだ。

全く、なんて質の悪い。こちらの弁明を一切受け付けず、あまつさえ襲い掛かってくるとは。

無慈悲とも言える暴虐にため息を吐き、猫丸は未だヒリヒリと痛む傷を労っていると体育祭を運営する本部から競技開始を促すアナウンスが響いた。

『続いての競技は、二年生男子による騎馬戦です』

――騎馬戦。

自陣の色を鉢巻を巻いた騎手が一人、騎馬が三人の四人一組で編成され、紅白に分かれた複数のチームが互いに相手の鉢巻を取り合う競技。

騎手役が落下、もしくは鉢巻を取られた時点でそのチームは脱落となり、相手の組を全滅、あるいは制限時間内に生き残った騎馬の多い組が勝利となる。

この競技は一組（赤組）対二組（白組）、三組（赤組）対四組（白組）で対戦カードが組まれており、各クラス五チームで鉢巻と勝利を奪い合う形式となっている。

「いいか黒木、お前が特攻隊長だ！　100メートル走の時みたく、全力で走れ。あとは俺が華麗に勝負を決めてやんよ！」

「はあ……。まあ、善処するよ」

赤色の鉢巻を額に巻いた陽太が、騎馬役の先頭に立つ猫丸に意気揚々と声援を送る。

調理実習と同じメンバーで編成された、騎手の陽太率いる赤組の一騎。左右の斜め後方に並ぶ陽太の友人達と繋いだ手が鐙の役割を果たし、先頭に位置する猫丸の肩に置かれた手が鞍となる事で一つの騎馬を形作っていた。

白洲の戦場に並ぶ十の組。無人の境界では両チームの火花が散り、共に開始の合図を今か今かと待ち構える。

そんな中、対戦相手ではなく無言で地面に視線を向けていた猫丸は独り考え事に耽って
いた。

（全力か……。多分、ここで力を抜いてもあの女は怒るだろうな）

再び彼女の言葉が脳内に響く。

全力を出してくれ。その一言が猫丸の信念を揺るがしていた。

おそらくあの言葉は先の１００メートル走だけではなく、この体育祭自体を差している。

実際彼女の口からも「私はこの聖戦に全力で臨む」と発せられていた。彼女の意を汲み
取るなら、やはり自分も参加する競技全てに全力を注がなくてはならないのだろう。

まったく、なんて厄介な。まさか当初に掲げていた目的と逆を行かねばならなくなるだ
なんて。

「致し方ない、か」

「ん？　なんだって？」

「何でもない。気にするな」

まもなく競技が幕を開けようとしている。

ようやく決心もついた。こうなったらとことんやってやる。

審判役の教師がピストルを掲げると同時、猫丸もゆっくりと顔を上げる。

その顔付きは仕事の時のそれそのもの。標的の首を狙う、殺し屋『黒猫』の顔そのものであった。

遂に開始の発砲音が鳴る。

観客達からの熱烈な声援と共に、一斉に前へと走り出す両陣営の騎馬達。

それに合わせ、猫丸達も走り出そうとした……その直後であった。

「ぬおっ⁉」

「ちょ、待っ……！」

100メートル走の時同様、全力疾走で白組騎馬隊へ特攻する猫丸と騎手の陽太。

しかしすぐにある違和感が二人を襲った。

鞍の姿が無い。鐙も何やら安定性が欠けている気がする。

猫丸は一瞬立ち止まるや否や、陽太の足を持ったまま後ろを振り返る。

すると、そこには居た筈の者達が居なかった。もっと正確に言うと、その者達は先程まで居たスタート地点で立ち尽くしていたのだ。

「バッカお前、スピード出し過ぎだ！　二人が置いてけぼりになってんじゃねーか！」

「す、済まん……」

猫丸の頭を叩くと共に、焦燥に駆られる陽太。

騎馬戦とは団体競技。大事なのは個人の能力ではなくチームの結束力であり、それが勝利を引き寄せるのだ。

無闇矢鱈に全力で突っ走るのではなく、後方の二人と走力を摺り合わせていればこうなる事は避けれていたかもしれない。

そして、

「お、おい、ヤべェぞ……コレ」

こうして敵に囲まれ、逃げ道を塞がれる事もなかっただろう。

騎馬と騎手が一人だけという恰好の餌食となってしまった二人を追い込むように、白組の騎馬達が五方を囲う。

また、ただ囲うだけでなく自身の鉢巻を他の赤組に奪われぬよう適時振り向くなどして対応していた。

徐々に詰められる距離が事の深刻さを詳らかにしていく。

「ちくしょう、もうダメだ……」

正に絶体絶命。陽太を含め、赤組のほとんどが勝負を諦めていく中。

「ダメ？　ふざけるな――」

戦地の真ん中でただ一人。勝利を諦めず、眼前の絶望に屈しない男がここに居た。

「——あの女の前で、無様に敗北した姿など見せられるか」

その背中を押すのは殺し屋としてのプライドか、それとも好敵手への意地か。

再び駆け出した猫丸は、そのまま正面に立つ白組の騎馬目掛け一直線に走ると。

「頭借りるぞ」

「え？」

跳躍し、敵の先頭馬の頭を踏み台とする事で更に高く、高く宙へと跳んだ。

土煙を巻き上げ、激しく地面を踏み荒らす騎馬達。それらを見下すように、まるで翼をはためかせるかの如く空を舞う一頭の天馬。

肉の壁を越え、優雅に着地を決める猫丸の姿に敵の騎馬達は勿論、味方、審判、そして観客達はただただ唖然とするばかりであった。

「この俺が凡夫如きに止められるものか。これで後は敵の鉢巻を……ってオイ、なにダランとしている。もうちょっとガッシリしがみ付いて……」

先程からやけに力の抜けた様子の陽太が気になり猫丸は振り向くと、そこには……——

「………」

「し、死んでる……」

突然大きく宙に浮いた事で、放心し、魂がこの世から抜け落ちてしまっている陽太の無残な屍があった。

尚、騎手である陽太が戦闘不能になった事により、猫丸達が失格になったのは言うまでもない。

「やれやれ、駑馬共のせいで逆転を許してしまった」

「紅音、ダメですよ。皆さん頑張ってたじゃないですか。負けちゃいましたけど、最後は一対一と惜しかったですし」

腕を組み、仏頂面で不満を吐露する紅音を九十九がまあまあと宥めている。

「フン、惜敗も大敗もさして変わらん。ブラックキャットもブラックキャットだ。最初に脱落するなど、全く以て期待外れだ」

「そんな事言って、白組に囲まれても『ブラックキャットが負けるわけない！』って誰よりも応援してたくせに」

「うぐっ……！」

痛いところを突かれ、当人に聞かれていないか窺いながら紅音は恥ずかしそうに頬を染める。

どうやらまだ騎馬戦での敗北を引き摺っているみたいで、こちらの話し声は耳に届いていない事を確認した後、青空を背景に目の前に聳える真紅の籠を真っ直ぐに見詰めた。

猫丸達の騎馬戦が終わり、競技は紅音や九十九が参加する競技へと移行する。

競技の内容は玉入れ。

各学年毎に競技は行われ、各クラスに分かれた女子生徒達が円形に並び、地面に無造作に置かれた玉を制限時間いっぱいまで中心の籠へと投げ入れる。

勝敗の付け方は至ってシンプル。他クラスよりも多くの玉を籠に入れるだけである。

「そこで見ているがいいブラックキャット！　貴様の雪辱、私が代わりに果たしてくれよう！」

グラウンド上からテントで休憩している猫丸に向かって紅音が指差しと共に豪語した。

尚、その発言に対し、猫丸が静かに青筋を立てたのは言うまでもない。

静寂が訪れ、教師が銃口を天に向ける。

一拍の間を置いた後、開始の銃声を響かせた。

劈くような発砲音が耳に入ると同時、生徒が一斉に籠に玉を投げ入れていく。

周囲の玉を掻き集め、両手で複数個を一気に抛る者。眼に入った玉を手あたり次第に摑むなり、どんどん籠へと投げまくる者。

各々が自分の遣り方で次々と点数を稼いでいく中……。

「聞こえる……。この手に握られし宝珠の声。地に堕ちたこの身を今一度天に還してくれと叫んでいる！」

「紅音紅音、今はそんな事どうでもいいですから、さっさとその玉投げてください！」

玉を片手に握り、一人ブツブツと無駄口を叩いている少女がここに居た。

競技の制限時間は二分。内三十秒間、ずっとその一球に紅音は語り掛け、ようやく投げる準備へと動き出す。

「いいだろう。このレッドドラゴン、大翼を拡げ、貴様を天界へと連れて往こう！」

きっと何かを感じ取ったのであろう。

その背中に迷いはなく、真紅の瞳にはメラメラと燃ゆる炎が宿っていた。

ターゲットは正面に堂々と鎮座する高さおよそ4メートルの籠。既に三分の一が埋められており、この手に握られた同族の帰還を今か今かと待ち侘びている。

ああ、皆まで言うな。今すぐそちらへ届けてやろう。

心の中でそう語り掛け、紅音はその玉を力いっぱい空へ抛った——

——決着が付き、続々と自陣のテントへ帰還していく女子生徒達。

足取りが重く、全員が揃って暗い顔付きをしているのは四クラス中最下位という、不甲斐ない結果を残してしまったからである。

当然、その面子の中には紅音も含まれており。

「いやー、驚いたな」

「…………」

戦いを終えた紅音に向け、猫丸は目を合わさぬまま口を開いた。

「いや本当に驚いた。まさか籠に一つも届かないとは」

「うぐっ……！」

辛辣とも言える猫丸の言葉のナイフが紅音の心臓に突き刺さる。

その口撃は止まる事なく、容赦なく追い討ちを掛けにいって……。

「玉が外れるならまだ分かるぞ。しかしそもそも籠に入る高さまで届かないのは流石に想定外だった」

「しかも両手で一つずつ下投げでしたからね。効率が悪過ぎてビックリしましたよ」

「う、うるさいうるさい！　なんだ貴様ら二人して！　そんなに私を咎めたいか。そんなに私をイジメたいか⁉　もう二人なんてキライ！　バカ！　バーカ！」

◇

喝采と声援に包まれるグラウンド。

観客のボルテージは時間と共に上昇していき、生徒達も徐々にヒートアップしていった。

既に体育祭は午前の部が終盤に差し掛かっており、係の生徒と教師が看板に書かれた両組の点数の表示を変え、次の競技の準備に取り掛かっている。

「点差が広がってしまった……」

「戦犯は明らかだけどな」

「う、うるさい！　貴様にだけは言われたくないわ！」

赤組と白組、新しく表示された両組の点数を目にし、猫丸と紅音は互いに責任を押し付け合い、傷口を広げ合う。

プログラムの半分が終わり、それぞれの点数は『赤組：７９０』『白組：９２０』。

団体競技で上位を独占すれば充分逆転出来る点差ではあるが、そんな都合の良い甘々な希望的観測はこの現実において何の意味も持たない。

逆転出来ないまま午前の部が終わるのは疎か、点差が更に広がる未来だって充分に有り得る。

「とにかく、ここで逆転するのが最善である事に違いはない。たとえ叶わなかったとしても、僅かでも点差を縮めなくては」

「つまり、次がこの戦の分水嶺という訳か」

猫丸の呟きに紅音はコクリと頷いて答えた。

彩鳳高校体育祭・午前の部最終競技。

それは、彼らが最も苦手とし、思い出すだけでも脳が沸騰してしまいそうになる程の恥ずべき失敗が刻まれた過去。

殺し屋と中二病の二人を文字通り一つに繋げ、身体能力が対極にある無敵の黒猫と偽りの紅竜に一蓮托生を強いる罪深き競技。

地獄に聳え立つ胸突き八丁剣ヶ峰——二人三脚である。

「ここで汚名返上するぞ、ブラックキャット。我々に残された道は、もうそれしかない！」

「分かっている。が、一応念押しで訊いておく」

既に整列を終え、スタートラインにて腕を組みながらゴールを真っ直ぐに見据えている紅音。

その言葉に、互いの隣り合う足首に紐を巻き付けていくと共に猫丸は即答した後。

「全力、で……いいんだな？」

確認するようにそう訊ねると、紅音はやれやれと言いたげに。

「無論だ。ここで手を抜けば、私は一生貴様を恨むぞ」

「……それは怖いな」

その返答を聞き、猫丸は苦笑と共に紐をキュッと鳴らした。

準備は万端。後はもう合図と同時に走り出すだけだ。

他の走者達もほぼ同時に準備を終え、スタート位置に立つ全員がスタートダッシュの体勢に移る。

（全力で走る……！）

ただジッと前を見詰める。

（全力で付いていく……！）

一切目線は逸らさない。

互いに目を合わせようとはしないのは緊張によるものか。

答えは是。今にも胃が口から飛び出そうな二人であるが、その表情は練習の時とは大きく違い、恐怖と焦燥に支配されているものでなく。

ただゴールまで真っ直ぐ走る事だけを考えている、真剣なものへと成長していた。

「位置についてー、よーい……――」

あの時と同様、教師の掛け声が刻一刻とその瞬間が迫っている事を知らせる。

それでも二人の顔に焦りはない。今この瞬間、二人の脳裏にあるのは……――、

(俺（私）達が一位を取る！)

頂点、たったそれだけである。

「――パンッ！」

ピストルの発砲音が開始を告げる。

一斉に走り出す十二人六組の走者達。

ほとんどが横並びとなり、互いにパートナーと息を合わせながらせめぎ合う中。

「もっとだ！　もっと速く！」

「ああ、分かった！」

ただ一組、他に追随を許さぬスピードでレーンを駆ける者達が居た。

もう同じ失敗はしない。事前に外側の足から走り出す事は決めており、後は猫丸のペースに紅音が合わせるという形で打ち合わせは済んでいる。

これは紅音からの発案であり、自分のペースに合わせていては一位を取れないという事からこの提案で落ち着いた。

無論、これは紅音にとって捨て身同然。己の体力の限界よりも勝利を優先した結果である。

しかし、それが最後まで続くものとは限らない。

コースの半分を過ぎたところで紅音のペースが徐々に崩れ出す。

「竜姫……」

「構うな！　そのまま走り続けよ！」

表情に曇りが現れ始める。それでも紅音はひたすらに足を動かし、顔は前を向き続けた。

彼女の体はもう意地と矜持(きょうじ)だけで動いている。それは一緒に走っている猫丸にも充分過ぎる程に伝わっていた。

（一旦ペースを緩めるか……？）

一瞬、思考が揺れ動く。

（いや、それはこの女に対する冒瀆(ぼうとく)になる）

「分かった、最後まで倒れるんじゃないぞ！」

瞬時に迷いを捨てると、紅音に言われた通り猫丸は尚(なお)も全力で走り続けた。

離れていく後続との差。風と共に過ぎ去っていく観客達の応援する姿。

着実に近付いていく真っ白なゴールテープ。

それは徐々に霞んでいく紅音の眼にも映っており、求めるように文字通り最後の力を両脚に込めていく。

そして遂に……――、

「「「おおおおおおおっ!!」」」

グラウンドが響動めいた。瀑布の如き称賛と喝采が二人の少年少女を包み込む。

「ハア……ハア……」

膝に手を突き、頬から雨のような雫で砂を濡らし、乾いた呼吸をひたすら繰り返す紅音。

その傍らで、猫丸は二人の足を繋ぐ紐を解いた後。

「よし、これで少しは逆転に貢献出来ただろう。後は仲間達に任せて、俺達は休むとしよう」

一緒に係員の待つ『1』の数字が刻まれた旗へと向かおうとした……その時だった。

「ああ。そう……だ……な…………――」

突然、バタッという音と共に、紅音の言葉が途切れる。

「竜姫？」

何事かと思い、猫丸は振り返る。

そこに紅音の姿はなかった。元気に溢れ、威勢に満ち溢れ、意味不明の言動でこちらを動揺させてくるいつもの紅音の姿はなかった。

そこに在ったものは……。

まるで燃え尽きた灰のように、グラウンドの白い砂に塗れ今にも風に運ばれ消えてしまいそうな。

紅音の横たわった姿がそこに在った。

「おい、一体どう……――」

「紅音！」

猫丸をはじめとする異変に気付いた者達が続々と紅音の許へと集まる中。

誰よりも必死に満ちた形相で、親友である九十九が一目散に駆け付けてきた。

他の生徒や教師達の肉壁を掻き分け、地面に伏したまま動かない紅音を抱えると、九十九は何度も声を掛け、名前を呼び続ける。

「紅音、大丈夫ですか!?　紅音！　紅音――!!」

しかしそれでも、紅音の口から返答が来る事はなかった。

体育祭も午前の部が閉幕し、昼食の時間が訪れる。

「遅ェなあ～ネコの奴。せっかく好物のサンマ用意してやったっつーのに」

「まあまあ、気長に待つとしましょう寅彦様。今は色々と入り用でしょうから」

豹真をはじめとする執事達と共に、撮影した息子の勇姿を確認しながら寅彦が用意した弁当を摘んでいる中。

その帰還を待たせている当人は、校舎一階にある扉の前で一人無言で壁に寄り掛かっていた。

微かに扉の向こうから話し声が聞こえてくる。入ろうか悩んでいたその矢先、ようやく扉が開かれ、同時に九十九が姿を現した。

「容態は？」

「大丈夫です、少し張り切り過ぎちゃっただけみたいですので。ただ、午後の競技には参加出来そうにないので、このまま保健室に寝かせておこうという話になりました」

「そうか……」

九十九から話を聞き、猫丸は一言だけ返事をすると共に頷いた。

彼女の背中の向こうには簡素な医療器具と複数のベッドが並んでおり、その内の一台には先程まで一緒にレーンを走っていたあの少女が眠っている。

紅音が倒れてしまった後、九十九が競技の事も全て忘れその小さな体を抱えて保健室へと走っていった。

猫丸もすぐ追いかけようとしたが、何故か足が動かずそのまま競技が終了するまでグラウンドで待機していたのだ。

そして競技が終わりすぐさま後を追った今、何故か保険室の手前で再び足が動かなくなり、やむなくこうして廊下で待機するだけに留まっていた。

「そうだ黒木さん、一緒に教室に行って、紅音の荷物を運ぶのを手伝ってもらってもいいですか？　紅音が目覚めたらすぐにお家に帰れるように」

「ああ、構わないぞ」

九十九の要求を呑み、猫丸は共に教室へと足を運んでいく。

道中九十九から保健室であった話を聞いた。

あの後すぐ担任の鴇野翼がやって来て、養護教諭と話し合った結果、紅音が目を覚まし次第翼の車で家まで送るという話で決定。

帰宅後も引き続き安静にしてもらう為、翼が紅音の家で看病するという提案が最初に上がったが、紅音の事を最もよく知り、紅音の家を熟知している九十九が看病するという事になったそうだ。

「そうか、竜姫の家は確か……」

「ええ、両親は三年前から行方不明です。なので私があの子の側に居るのが最善なんですよ」

階段を上る足音と共に聞こえたその言葉に、猫丸は小さく「成程」と呟くとしばらくその口を噤んだ。

教室のある階に到着すると、九十九はその豊満な胸を撫で下ろし、ホッと一息吐く。

「でも良かったです、本当に。あのまま目覚めなかったらどうしようかと……」

「何言ってるんだ。あの女がそう簡単に死ぬ筈ないだろう。慌て過ぎだ」

「アハハ……、すみません」

苦笑と共に九十九が後ろを歩く猫丸に向かって頭を下げる。

一瞬映るその顔には未だ不安と焦りが残っていた。

ようやく自分達の教室に辿り着くと、扉を開け入室するや否や九十九が紅音の席へと向かっていく。

　その背中を見届けながら、猫丸は尚も話を続けて。

「それにしても驚いたな。いつも穏やかで冷静なお前が、あそこまで取り乱すなんて」

「そうですね。まあ、それだけあの子が大事っていう事で」

「そうか。それともう一つ驚いた事がある」

「？」

「驚いた……いや、違和感を覚えたと言うべきかな」

　九十九は振り返って首を傾げる。

　何故かこちらに近付こうとせず、教壇の前から動かないでいる猫丸に疑問を抱いていると。

　猫丸は九十九の顔を真っ直ぐに見詰め、ある質問を投げ掛けた。

「なあ咬狛、お前あの時どうしてあんな走り方をした？」

「……？　なんの話です？」

　一瞬の沈黙。すぐに九十九が質問で返すと、猫丸は尚も続けて。

「１００メートル走の時、お前はとても辛そうな顔をして走っていた。周囲にこれが自分の全力だとアピールするように、あからさま過ぎるくらいにな」

　頭の中を巡る回想と共に、それについて話を進めていく。

「でもおかしいんだ。お前は前に俺と二人三脚の練習をして、俺のペースに最後まで付いてきながらゴールした後、まだまだ余裕とばかりの笑顔を見せていた」

「そんな事ないですって。あの時も私は内心死にそうでしたよ」

「だが間違いなく、あの時のタイムは今日のお前の１００メートル走のそれより速かった。それに、竜姫が倒れた時だってそうだ。お前の居たスタート地点からゴールまでは１００メートル以上離れていたのに、竜姫が倒れてから10秒も経たずしてお前は駆け付けてきた」

「……………」

　猫丸の告白に九十九は再び沈黙で答える。

「天体観測の夜を覚えているか？」

「急に話が変わりましたね」

「変わんないさ。まあ聞いてくれ」

　続けざまに話を進める猫丸。

　その目付きは徐々に鋭いものへと変わっていって……。

「校門前での事だ。あの時お前は突然俺の背後から目隠しをし、そのまま腕を拘束して屋上へと連れていった」

「まだ根に持ってるんですか？　ですからアレはちょっとしたサプライズでして……」

呆れたようにため息を吐く九十九。

説得が足りなかったかと思い言葉を続けようとするも、それを遮るように猫丸は話を続ける。

「詳しくは話せないが、俺は幼い頃から特殊な訓練を受けていてな。背後に誰が何人居るかは常に把握しているし、筋力だって大人十人がかりで腕相撲を挑まれても余裕で勝利する。自惚れている訳じゃないがな、俺の背後を容易く取り、素手で両腕を拘束するなんて常人じゃあ絶対に出来ないんだよ」

それは苦肉の策。自ら正体を明かすような真似をわざわざする猫丸らしくもない行動。

しかし、それを敢えて取る理由がそこにはあった。

今、この目の前に居る、一人の少女の正体を明らかにする為に……。

「答えろ。お前は一体何者だ？　何故この学校に在籍している？　何故竜姫と行動を共にしている!?　返答次第では、ここで……──」

「ここで──どうするんですか？」

ジャージの下に隠している得物にこっそり手を伸ばそうとした、その時だった。

ふと、九十九の声色が変わる。

「殺すんですか？　殺そうとするんですか？　あの時みたいに」

「あの時……？」

白く反射する眼鏡（めがね）が猫丸の姿を捉えるが、そのレンズの向こうに在る双眸（そうぼう）は瞼（まぶた）によって隠されていた。

「そう、あの時。私達が初めて出逢（であ）った日。屋上で貴方（あなた）が紅音に刃（やいば）を向けようとしたみたいに……」

半ば独白のように語る九十九。その言葉に一瞬、猫丸はピクリと反応し、僅かばかりの動揺を見せた。

それとほぼ同時の事。ゆっくり、ゆっくりとその瞳を開放させた九十九は、最後に一つ、笑いかけて訊（たず）ねる。

「ねえ？　『黒猫（ブラックキャット）』さん」

直後、甲高い金属音が教室に鳴り響いた。

衝突する二つの刃。柄（つか）を握る拳越しに、いつもの慈愛に満ちたそれとは打って変わった氷のように冷たい殺意を宿した瞳が動揺に満ちた猫丸の瞳を捉える。

「鯉口を切るのが遅いですよ。獲物を前にした時、いつでも刃を抜けるよう柄を握っておかないと。それが――殺し屋でしょう？」

「……やはり、お前も裏社会の人間か！」

初撃の鍔迫り合いから、刹那の時を待たずして第二第三の金属音が弾ける。

袈裟斬り、逆袈裟、切り上げ、刺突……。要所要所で順手から逆手、逆手から順手に持ち替え、合間に拳と蹴りを交えていく。

互いに目まぐるしい攻防を繰り広げ、机や椅子、乱雑に並べられたクラスメイト達のカバンは更に乱雑なモノへと変貌していった。

「チッ、もどかしい……」

「それはこっちのセリフですよ」

互いに一歩も譲らぬ死合い。一撃も許さぬ激しい拮抗。

一方が刃を振るえば一方は防御し、一方が拳を放てば一方は躱して次の攻撃へ。

延々と繰り返される命の獲り合いは双方の体力を削っていくばかりであった。

「フッ！」

「おっと危ない」

力押しでナイフを弾いた後、猫丸が瞬時に回し蹴りを入れる。

だが九十九も、瞬時に頭を下げてそれを回避した後、隙を突くように前へ出ようとしたその寸前。

「！」

まるで躱されるのを分かっていたかのように、猫丸が手に持っていたナイフを九十九の頭目掛けて投擲（とうてき）した。

素早く察した九十九もすぐさま横へと飛び退（の）くと、ナイフはそのまま壁へと突き刺さる。

当然猫丸がそれを見逃す訳もなく、すぐさまナイフを回収し、離された距離を一瞬で詰めて攻撃に移った。

（大振りな後ろ回し蹴りからの投げナイフ。そして間髪入れず急所を狙った連撃、容赦ないですね。けど……）

再び開幕する攻防。しかし、

「なに寸前で躊躇（ためら）っているんですか？」

一瞬優勢かと思われた猫丸の進撃は、ナイフを振るおうとした右腕を摑（つか）まれた事で一転する。

「そんなにショックでしたか？　私が貴方に刃を振るっているのが」

「っ…………！」

ほんの一瞬。猫丸の刃が九十九の細首を捉えそうになるその瞬間。

一秒にも満たぬ静止が猫丸を窮地に立たせる。

「ひょっとして私の事が好きだったとか？　だとしたら願い下げもいいとこですね」

ギリギリと音を立てる猫丸の腕を摑んだ九十九の右拳。

「私は貴方が嫌いですよ。だって紅音を殺そうとしている人ですもん」

グッと自分の方へ引き寄せると同時、九十九はそのまま猫丸の腹部に強烈な蹴りを決め込んだ。

「ガハッ……」

吐血と共に、勢いよくふっ飛ばされる猫丸の体。

いつの間にか築かれていた机の山に吸い込まれるように突っ込むと、轟音と共に埃が巻き上がり、山はトンネルを埋めるかの如く崩壊した。

九十九の足元で猫丸のナイフが音を立てて転がる。

一瞥もせず九十九は歩を進めると、煙埃から片膝を突いた猫丸が姿を覗かせた。

腹部と背中から仲良く襲い掛かる激痛。机の山が崩壊した時に切ったのか、頭からはドクドクと赤い血が流れていた。

視界が錯綜する。たった一撃貰っただけで満身創痍の体は、如何に今の一撃が重いモノだったか詳らかにしていた。

「毎日毎日、あの子の命を狙っている……。大事な親友の命を狙っている。そんな人を好きになる筈がないじゃないですか」

「ハア……ハア……」

冷たい言葉を放ちながら、九十九は無情にその足を進めていく。

ナイフを手放し、最早死に体と言っても過言ではない猫丸に、少しずつ着実な死が近付いていった。

これで終わり。そう思いながら九十九がナイフを鈍く煌めかせた――その時、

「⁉」

突如、猫丸の右腕が九十九に向けられる。

その手には銃が握られており、真っ暗な銃口が九十九の眉間を捉えていた。

「仕込み銃……！」

一滴の雫が九十九の頬を伝う。

「勝ちを確信して油断したろ……？」

「チッ！」

否、まだ間に合う。

九十九はすぐさま自分のナイフを投擲すると、真っ直ぐ猫丸に向かっていく。

咄嗟に猫丸も銃を盾にナイフを弾くと、その隙に乗じて九十九は一気に接近し、猫丸の銃を蹴り上げた。

宙へと舞うナイフと銃。上昇から下降の間にも肉体同士のぶつけ合いで攻防を繰り広げる両者。

やがて落ちてきた二つの凶器は入れ替わる形で互いの許へと戻り、九十九は手にした銃を猫丸の額に、猫丸は手にしたナイフを九十九の首に宛てがった。

「流石やりますね。首筋に刃の冷たさを感じるのはいつ振りでしょうか」

「…………」

屈託のない笑みを浮かべながら猫丸を褒め称える九十九。

特に反応するでもなく、猫丸も無言のまま静止を貫いていると九十九はため息と共に言葉を続ける。

「でもやはり甘いんですね。貴方ならその状態でも私の首を刎ね飛ばせたでしょうに。言っておきますが、私はこの引き金を引く事くらい、なんの躊躇いもなく出来ますよ」

「ああ、好きにしろ」

強がりか。それともハッタリか。

九十九の忠告に猫丸は淡々と返し、

「どうせ弾は入ってないからな」

「!?」

その一言に目を見張った九十九は、猫丸からの反撃を警戒しながら弾倉を確認する。
すると、確かに猫丸の言っていた通り、そこに銃弾は一発も装塡されていなかった。

「成程、やられましたね。一杯食わされたという事ですか」

ハハッと微笑すると共に、九十九は猫丸に銃を返す。

気に入らない決着ではあるが、これはもう受け入れるしかない。

九十九は負けたのだ。殺し屋である猫丸に殺される事なく……。

ああ、なんて情けなく、みっともないのだろう。

自責の念に駆られながらも己の敗北を静かに受け止める九十九。

完全に戦意は喪失したようだが、まだまだ油断の出来ない猫丸はその刃を首筋に当てたまま問い掛ける。

「俺のコードネームを知ってるということは、やはり裏の人間か……。そしてこれ程の戦闘力……、裏社会で名が轟（とどろ）いていない筈がない。もう一度訊（き）く、お前は一体何者なんだ？」

再びその質問を耳にすると、「そういえば、まだそちらの名で名乗った事はないですね」と呟（つぶや）き。

胸に手を添え、一見普段の笑顔ように見せつつも、不思議とそこには優しさも慈愛も何一つ無い……。

「『白犬（ホワイトドッグ）』――向こうでは、そのようなコードネームで呼ばれています」

もう一つの顔で自己紹介をした。

第五章▲その時、猫は竜の手を握った

「この世で最強の殺し屋は誰か」と訊かれれば、皆口を揃（そろ）えて言う「紅竜（レッドドラゴン）である」と。

「この世で最高の殺し屋は誰か」と訊かれれば、皆口を揃えて言う「白犬（ホワイトドッグ）である」と。


埃と瓦礫（がれき）に塗（まみ）れた一室。

活気と絶えぬ賑（にぎ）わいの声で溢（あふ）れる外と一変し、窓を境にしてあるそこは殺気と一抹の静寂に包まれていた。

「お前が……白犬（ホワイトドッグ）だと？」

衝撃的な告白を前に、猫丸（ねこまる）は目を丸くしたまま固まっていた。

驚いた。仰天した。只者（ただもの）ではないとは思っていたが、まさか同業——それも裏社会であの伝説の殺し屋と同等に名を轟かせていた者だったなんて。

「まさか最高の殺し屋と呼び声高い奴（やつ）と、こうして対面出来るとはな。正直感慨深いよ」

「おや、随分あっさりと信じてくれるんですね。もう少し疑いに掛かってくると思っていたのですが」

つまんないと言いたげに九十九(つくも)はそう呟いた。

俄(にわ)かには信じ難いが、先程の彼女の戦闘力を思えばおかしくない。

殺し屋とは命がけの職業。標的(ターゲット)の命を奪う事を生業(なりわい)としており、銃弾飛び交う死地こそ正に職場と言ってもいい。

殺す筈が逆に殺されるケースも珍しくなく、この稼業に就くのは短命な者がほとんどだ。

故に、多くの仕事をこなし、かつ長く活躍している者程その戦闘力の高さと殺し屋としての優秀さを物語っている。

無論、十年以上殺し屋として活動してきた猫丸も業界の中では指折りの人物として評価されているが、それでも白犬(ホワイトドッグ)には届かない。

彼女が紅竜(レッドドラゴン)と同等にその名を轟かせ、『最高の殺し屋』として評価を受けている理由。

それは彼女の仕事の達成率である。

殺し屋にとって仕事の失敗は死と同義であるが、必ずしもそうという訳ではない。

命を獲(と)る前に標的(ターゲット)に捕まり、依頼主に関する情報を吐き出させる為(ため)捕虜となったり。

標的(ターゲット)が親しみのある者、子供や赤子といった幼い者であったが故に殺せなかったりと原因は様々で、現に猫丸も達成出来なかった依頼が少ない訳ではない。

　しかし、白犬（ホワイトドッグ）は違う。

たとえ相手が千を超える人数で武装してきたとしても。たとえ相手が自分と関わりの深い人間であったとしても。

男も、女も、大人も、子供も、皆等しく命を狩る。

ただ、依頼主（あるじ）の忠実な犬として、命令は完璧に遂行する。

冷徹を極め、殺し屋として一級品の戦闘力を持った彼女の依頼達成率はなんと100パーセント。

　正に最高の殺し屋である。

「しかし解せないな。三年前、突如として裏社会から姿を消した奴が何故（なぜ）竜姫（たつき）と一緒に居る？　何故最高の殺し屋と呼ばれたお前が、最強の殺し屋と呼ばれている紅竜（レッドドラゴン）と行動を共にしている？」

「紅竜（レッドドラゴン）……ねえ」

　猫丸の口から止め処（とめど）なく溢れ出す質問に、首筋から刃（やいば）の冷たさを感じながら九十九は呆（あき）れたようにため息を吐（つ）いた。

　舐（な）められているような気がした。この状況で、あと3センチナイフを右にずらすだけで血しぶきが一帯を染めるこの状況で。余裕綽々なその態度に猫丸は苛立ちを覚え、声を荒らげてしまう。

「答えろ！」

怒声が廊下まで響く。

そんな大きな声を出さなくても聞こえているのにと呆れると共に、九十九は眼前にある殺気に満ちた鋭い瞳を見た後。

「残念ですが、貴方に教えるような事はありません」

淡々と、そう答えた。

猫丸の瞳が更に鋭さを増す。

「私が裏社会から去った理由も、私があの子と行動を共にするようになった経緯も、貴方に教えるつもりはありません。私はもうあの世界に、殺し屋に戻るつもりはないのですから」

「…………」

まるで自分に言い聞かせているように言葉を続ける九十九。

その表情と口ぶりからは固い決意が感じられ、こちらの追求を許さないように見えた。

「今の私の使命はあの子を、紅音を護る事。たとえ貴方でも、あの子に手出しはさせませんよ」

「なら何故俺がアイツに近付くことを許した？　何故自分から竜姫に危害が及ぶような真似をした？」

当然の疑問だ。

九十九の発言によれば、彼女は最初から猫丸の正体に気付いていた。

大事な人に殺し屋が接近する事態なんて、普通に考えれば何としても避けたいだろう。

だが九十九はそれを許した。しかも自分から紅音に猫丸を近付かせるような事までして。

「仕方ないじゃないですか。あの子がそれを望んでたんですから」

「望んでた？」

ため息交じりに答える九十九の言葉に、猫丸は疑問符を浮かべる。

コクリと一つ頷いた後、九十九が更に続けて。

「あの子が言ってたんです、貴方とお友達になりたいって。ならば、それを叶えるのが私の務め」

その内容に、猫丸は思わず驚いてしまう。

何故自分なんかと？　何故殺しに掛かってくるような相手と交友関係を？

意味が分からない。普段の言動と相まって、余計に意味が分からない。

　額面通りには受け取れないが、九十九の真剣な表情を前にして猫丸は嫌でも頭を悩ませてしまう。

「危険を承知で……か？」

「当然じゃないですか。もしあの子の命が危機に瀕（ひん）する事があれば、私が命を懸けて護ればいいだけの話ですし」

　九十九は即答した。

　その言葉からは固い意志が感じられ、本当に命を懸けられるのだろうと思われる。

「私は紅音（あの子）の忠犬であり、番犬なんです。あの子が望むモノは全て叶え、あの子に危害が及ぶようなモノがあれば全て排除する。それが、あの子に捧（ささ）げる贖罪（しょくざい）であり、私が贖（あがな）うべき罪なんです」

「罪？　どういう事だ？」

「生憎（あいにく）ですが、これ以上話す義理はないですよ。何度も言いますが、危険分子である貴方に与える情報なんて無いですから」

　そう告げると九十九は猫丸からナイフを取り上げ、そのまま懐に仕舞（しま）い込（こ）む。

　どうやらジャージを着ていた理由は、自分と同じく武器を体に忍ばせる為だったようだ。

　もしかすると、彼女も常日頃から武器を携帯していたのかもしれない。

猫丸（じぶん）が紅音を殺す為に所持しているように、猫丸（じぶん）から紅音を護る為に……。

外からもうすぐ昼休憩の終わるアナウンスが聞こえてくる。

ここに来た目的を思い出し、九十九は猫丸の前を離れるなり教室で唯一荒らされていない紅音の机に置いてある荷物を抱えると、そのままその場を後にしようとした――その時、

「それと、最後に忠告だけさせていただきます」

扉の前で足を止め、九十九は振り返らないまま言葉を続ける。

「貴方は勘違いしている。もしそれに気付けないまま再び紅音を襲えば、今度は私が貴方に牙を向けますよ」

そう言って、九十九は廊下に出て猫丸の視界から消えていった。

段々と小さくなっていく足音。

遂（つい）に何も聞こえなくなり、再び静寂に包まれる中で猫丸は一度周囲を見渡す。

「これ、俺が片付けなきゃならないのか……？」

昼食の時間も終わり、体育祭は午後の部へと移る。

結局寅彦達と合流する事は出来ず、昼食も摂らないまま早速競技に参加していた猫丸はレーンを走りながら考え事をしていた。

（まさか……咬狛があの白犬だったとはな）

応急処置だけし、散在した机や椅子を元に戻してから教室を出た後、猫丸は真っ先にこの学校の校長である鳳崎忠宗の許に向かった。

既に現役を引退しているとはいえ、長く殺し屋の業界に身を置いていたあの老獪が九十九の正体を知らなかった筈がない。そう思い、上手く人の居ないタイミングを見計らって、九十九が学校に在籍している件について問い詰めてみた。

その結果、

『ああ、知ってたよ』

あっさりと白状した。

まるで最初から分かっていたかのように。分かった上で、この学校に在籍するのを許可したかのように。

一体何故？　更に問い詰めていくと、忠宗も実際彼女がここにやって来た時は流石に驚いたという。

そして一年前の四月、大金の詰まったアタッシュケースを用意し、銃口を向けながら彩鳳高校への入学を要求してきたそうだ。

ピストルで脅してきておきながら金を渡してくるだなんて、何ともコメントしづらいお願いの仕方だなと猫丸は思った。

『言っておくが、彼女を退学にするつもりはないぞ。充分生きてきたとはいえ、まだまだ生を謳歌したいところなのでね』


「咬狛の奴、一体何が目的なんだ……」

競技開始直前にクラスメイト達の所に戻ってみると、そこに件の女の姿はなかった。

おそらく今も保健室で眠り続けている紅音の側に付いているのだろう。

完全に隙だらけの弱り切った彼女を縊りに自分がやって来ても、いつでも迎え撃てるように……。

きっとその判断は正しい。

数時間前までの自分なら間違いなくそうしていた。紅音の姿がない今、この体育祭に参加する意味なんてない。

九十九同様、競技なんてそっちのけで武器を手に保健室へ足を運んでいた。

しかしどういう訳か、今となってはそうする気がこれっぽっちも湧かなかった。

不思議な事に、今の猫丸に紅音への殺意は微塵も湧かなかったのだ。

「……ハッ！　いかん、危うく通り過ぎるところだった」

猫丸は咄嗟に走るのを止め、足元に並べられた紙の中から一枚を拾い上げる。

考え事に耽るあまり競技中である事を忘れてしまっていた。気になる事はいっぱいだが、今は競技に集中しなくては。

他の走者達も続々と紙を拾っていくと、それを開くなり観客席の方へと走っていく。

「誰か眼鏡はお持ちですかー？」

「水筒持ってる方が居たら貸してくださーい！」

（成程、これが借り物競争というヤツか）

紙に書かれた物を一時的に拝借し、それを持ってゴールする。

競技で借りられるのは物から人まで何でもアリであり、内容は事前に生徒達の手によって書かれている。

自分はどんな物を書いたっけか。まあ、誰でも持っているであろう、つまらない物を書いた筈だ。

「すんませーん！　誰か銃持ってる人居ますかー……って、居るわきゃねーよな……。ったく、誰だよこんなモン書いた奴……」

「悪ィなボウズ。こんくらいしか用意してやれねェけど、いっか？」

「え？　いや、コレ……全部本物……？　嘘でしょ？　え……？」

書かれた物に陽太がため息を漏らしていたその時、偶然目の前に居た寅彦達が言われた物をズラリと並べた。

どう見ても本物にしか見えない、最低一度は使用したと思われるそれらを前に、陽太が混乱している中。

猫丸もようやく自身の手にした紙を開き、そこに書かれていた内容にしばらく沈黙していると。

「すみません、棄権してもよろしいですか？」

「え？　いや、いいのか？」

競技のスタッフである教師の許へと行き、リタイアの旨を伝えた。

突然の宣言に教師もビックリし、本当にそれでいいか確認すると、猫丸は首を縦に振って。

「ハイ、生憎この条件に当て嵌まる人が居ないので」

そう呟くと共に、猫丸は紙に書かれた文字をもう一度見る。

居ないのなら仕方がない。借りられるモノがないなら棄権する以外に道はない。

　そう思いながら、猫丸は『今一番気になる人』という文字を隠すように紙を再び折り、教師に渡すなり最下位の旗へと歩いていった。

　その後、綱引き、リレーと全ての競技が終わり、体育祭はつつがなく閉幕を迎えた。

　結局最後まで競技に身が入らなかった猫丸は閉会式が終わるや否(いな)や一目散に保健室へと走っていくと。

「居ない……」

　扉を開け、中へと足を踏み入れたが、そこには既に紅音の姿はなかった。

　紅音が寝ていたと思われるベッドを整えていた養護教諭に話を聞いたところ、どうやら最後の競技である学年対抗リレー中に紅音は目覚め、翼(つばさ)が紅音と九十九を家へと車で送っていったとの事。

「そう、ですか……。ありがとうございます」

　目覚めたと聞いた時、一瞬安堵(あんど)した自分が居た。

　何を落ち着いている。ようやくあの紅竜(レッドドラゴン)を仕留めれたかもしれなかったんだぞ。

九十九との戦闘の可能性があったとはいえ、チャンスをみすみす逃しておきながら何を安心してるんだ。

猫丸は養護教諭に頭を下げた後、そのまま荷物を取りに教室へと向かった。その道中、

「ん？」

ふと、右の腿に伝わる微小な振動。

ポケットからスマホを取り出し、電源ボタンを押してみると起動した画面に一件の通知が届いていた。

通知はラインからのようだ。

猫丸はパスワードを解除し、すぐさまラインを開く。

一体誰からだろう。そう思いながら通知の正体を確認してみると、

『この後、紅音のお見舞いに行ってくれませんか？』

画面に表示される短いメッセージ。送り主は、なんと九十九であった。

「んなっ、何を考えているんだアイツは……！」

罠だろうか？　いや、そうとしか思えない。

先程教室で派手に殺し合いをしたばかりの相手に、いきなりこんな文言を送りつけるだろうか？

『何を企んでいる？』

『別に何も企んでなんていませんよ。急用が出来てしまったので、私の代わりに紅音の看病に行ってほしいだけです』

『お前、俺が常にアイツの命を狙っている事くらい分かっているよな？』

『勿論。ですがそれはそれ、これはこれ。ここは一つ、聞き入れてはもらえないでしょうか？』

「…………」

怪し過ぎる。他意が無い訳がない。今までの事を鑑みても、ここで引き受けるなんてどうかしている。

『行く訳ないだろう』

淡泊な態度を全面に猫丸はメッセージを打ち、それを送信しようと……――

「――ハア……、何をやってるんだ俺は」

目の前に立つ紅音の家を見て、見舞いの品の入ったビニール袋を片手に猫丸は大きなため息を吐く。

本当にどうかしている。まさか言われた通りにしてしまうだなんて。

拒否のメッセージを送りつけようとした矢先だった。ふと指がそこで動かなくなり、いつの間にかメッセージはその内容を変え、あろう事かその状態で返信してしまったのだ。

ラインのトーク画面に表示されている、寅彦に送った『少し遅くなる』のメッセージ。

そしてその下にある、九十九への『分かった』という一言。

既読が付くや否や、特に向こうからの返信が来る事もなく、この会話はここで終わってしまった。

既読無視とは何とも冷たい。そちらからお願いしておきながらお礼の一言もないとは。

「まあ、いいか」

いつまでもここに突っ立っていては、近所に怪しまれてしまう。

さっさと用件を済ませ、屋敷でもう一度傷の手当てをしよう。

猫丸はドアの横にあるインターホンを押し、開けてもらうまでその場で待機する。

やがてドア越しに足音が聞こえてくると、「ハーイ」という声と共にドアはゆっくりと開かれ……。

「どちら様でしょう……か……」

ガチャッという音と共に現れたのは、魔法陣を模した柄がプリントされたパジャマを身に纏(まと)い。

髪を下ろし、所々毛先が跳ねてしまっている。

制服の時の堂々とした姿とは一転し、少し小突けばそのまま倒れてしまいそうな程に脆く、弱々しい姿をした紅音が出迎えてきた。

数秒間の静寂が二人を包み込む。

硬直した二人が動き出すのにそれ程時間は掛からなかった。

「んなっ、なななんで黒木君が!?」

「見舞い……。嫌だったか？」

「嫌じゃない……けど……」

猫丸の顔を見て大きく動揺し、顔を真っ赤にしながら消え入るような声で返答する紅音。

妙に慌てた様子から事前に九十九からは聞かされていなかったのだろうと猫丸は悟ると、服装や髪型以上に普段とは違う、紅音のあるポイントに目を付け、それについて訊ねる。

「あれ？　お前その眼、どうしたんだ？」

「眼？　眼がどうかしたの？」

「いや、いつものお前って左眼が紅く染まっていたから、変だなと」

「紅く染まって……――ハッ!?」

そこまで言われて紅音もようやく気付いた。

（ヤバッ、私カラコン付けるの忘れて……！）

普段学校生活を送る時や外出する際には決まって紅色のカラーコンタクトを左眼に入れており、家に帰ったらそれを外している。

つまり、自宅に居る今の紅音の双眸は共に漆黒なのだ。

咄嗟に顔を手で覆い、今更隠すように紅音は顔を背ける。

このままではいけない、何でもいいから早く言い訳をしなくては。

「い、いや、これはその……アレだよ！　そう、魔力！　私って体力を著しく消耗すると体内の魔力が一時的に生命力へと変換されるんだけど、その影響で瞳の色も変色しちゃうんだよね！」

「そ、そんな仕組みがあったのか⁉」

「そう！　だからこれは元々黒だったとかじゃなくて、私が疲れてますよーっていう一種の警告？　みたいな！」

思い付く限りの言い訳を適当に並べ、なんとかその場を取り繕おうとする紅音だが、口調が普段人前で使う男勝りなモノでなく完全に素の状態から離れなくなってしまっている。

（ど、どうしよう……、頭が回らないせいで全然スイッチが入らない……）

流石にこれではバレてしまう……。そう焦りながら、紅音は指と指の隙間から猫丸の方をチラッと見ると。

「確かに、両腕にそんな危険な兵器を内蔵しているのだから、眼に改造を施していてもおかしくないか……」

（アレ？　もしかして大丈夫そう？）

顎に手を当てながら何やらブツブツと独り呟いている猫丸。

実は自分が思っている程焦る展開ではないのでは？　そう考えに至り、首の皮一枚繋がった事に紅音は一抹の安堵感を覚える。

（せっかく来てくれたのに、追い返すのもアレだよね……）

「ねえ、ここで立ち話するのもなんだしさ。中に入ってよ」

そう言うと、紅音はドアを大きく開き、玄関に来客用のスリッパを置く。

（見舞いの品だけ渡して帰るつもりだったが、ここで拒否すればかえって尾を引くか……）

「ああ、それじゃあ邪魔するぞ」

紅音の誘いに従い、猫丸も中へと足を踏み入れるとそのまま用意されたスリッパに履き替えた。

二度目となる紅音の家。前回は九十九も一緒だったから安全なのかもしれないと思い、一応罠の警戒をしながら猫丸は紅音の背中に付いていく。

「そういえば、体育祭ってどっちが勝ったの？」

「赤組の優勝。ギリギリではあったが、まあなんとか勝てたよ」

「おおっ！　流石〜！」

雑談を交えながら階段を上がり、前回勉強会にも使用した紅音の部屋に到着すると、

「ちょっと待っててね？　すぐ入れるから！」

そう言って紅音は部屋の扉の二歩前で猫丸を止めると、一人だけ急いで中に入ってしまった。

流石に怪しいと思い、猫丸は扉に顔を近付けて聞き耳を立てると、何やらガチャガチャとした慌ただしい物音や掃除機を掛けた時のような音が聞こえてきた。

（何かやましい物でも隠しているのか？　他人には見せられない何かと不都合な物が……）

猫丸の想像は半分正解だ。しかし彼の想像している物と実際に片付けられている物には大きな差異が生じていた。

この扉の向こうにあるのは、ヒュドラの牙のような幾つもの街を侵す劇毒を宿した凶器でもなければ、スーパーノヴァのような地球を滅ぼす兵器でもない。

どこにでもあるような可愛らしくて愛らしい、日常感に溢れた物である。

扉の外で待機を命じられ、五分が過ぎようとしていた頃。

額から汗を流し、ぜぇぜぇと息を切らしながら紅音が再び姿を現した。

「お、お待たせ……」

ただでさえ体育祭の疲れが残っている筈なのに更に疲労困憊の様子の紅音を見て、猫丸は何ともいえぬ罪悪感に押し潰されそうになる。

「なあ、俺も手伝った方が良かったか？」

「い、いいからいいから！　ホラ入って！　とっとと入って！」

背中を押され、半ば無理矢理に猫丸は紅音の部屋に入ると、そこには前に訪れた時と同様不思議な世界が広がっていた。

相変わらずベッドの上で堂々と横たわっている巨大なトカゲ（の人形）。壁に立て掛けられた漆黒の剣と赤い宝石の杖は未だ調べてみても裏社会での出どころは掴めず、加えてその二つに仲間入りするように杖の隣には白い宝石で装飾された槍が新たに並べられていた。

他にも机や棚の上で数を増やしている妖しげな調度品、本棚に収まり切らず床で塔を建設している無数の本。

この部屋に入るのはまだ二度目だが、明らかに前回より物が増え、散らかっているように見えた。

「やっぱり、俺も手伝った方が良かったかもな……」

「なに？　何が言いたいの？　ほら言ってみなよ、ねえ。目線逸らしてないでさ」

ジリジリと詰め寄ってくる紅音を躱し、猫丸は持ってきた品をローテーブルに置く。

ガサガサと袋の中を漁る猫丸の背中を横目に紅音はベッドに座ると、倒れるようにそのまま横たわった。

「体は大丈夫なのか？」

「勿論！　って言いたいところだけど、流石に疲れちゃったかな。ゴメンね、ちょっとだけ寝ててもいい……？」

弱々しい声で訊ねてくる紅音。

自分のベッドなのだから許可なんて要らないだろうと思い、猫丸が「当然」と返すとその返答に紅音は小さく笑い、ゆっくりとその瞳を閉じた。

早速一人になってしまった猫丸。

これから一体どうしようか。先程片付けられた物が何か明らかにする為、こっそりこの部屋を漁ってみようか。

それともこの女が普段見せない姿を監視する為、隠しカメラや盗聴器を仕掛けてやろうか。などと色々考えていた、その時だった。

(待てよ、別にそんな事をする必要なんてないじゃないか!)

そうだ。何を回りくどい事を考えていたんだ自分は。

目の前で標的(ターゲット)が眠っている。

しかも本人曰(いわ)く瞳の色が変わる程疲労が溜(た)まっている故、首を獲(と)るにはこれ以上ない絶好の機会だ。

ゆらり、と猫丸の体が動き出す。

静かな殺気を宿した瞳が紅音の寝顔をロックオンした。

殺せる。今なら確実にこの女を、最強の殺し屋を、紅竜(レッドドラゴン)を殺せるのだ。

絞殺はダメだ。じっくり時間を掛けるやり方じゃ反撃の隙を与えてしまう。

爆殺もダメだ。この家諸共(もろとも)破壊してしまっては騒ぎを避けられない。

殺(や)るなら一瞬。静かに、確実に、もっとも得意な殺り方で。

猫丸は懐に隠し持っていたナイフを手に取ると、それを紅音の頭目掛け大きく振り被(かぶ)る。

後はこの腕を振り下ろすだけ。それで全てが決着する。

九十九の事は後回しにしていいだろう。今は何よりもこの女の命を獲る事が先決だ。

(殺るんだ、黒猫(ブラックキャット)……。今、ここで!)

言い聞かせるように何度も心の中でそう唱える。

何度も、何度も……。

何度も……。

しかし、

「何で……躊躇(ためら)っているんだ、俺は……」

その腕を振り下ろす事は出来なかった。

本当は分かっていたのだ。今の自分にこの女を殺す事なんて出来ない。

自分はもう揺らいでしまっている。

あの時……、紅音が倒れ、九十九に保健室へと運び込まれていった時。何故(なぜ)か自分はその後を追えなかった。

競技が終わり、昼休憩の時間がやって来ても彼女の眠る保健室には入れず。

午後の部の時だって、途中で競技を抜け出し保健室へ立ち寄る事は出来なかった。

この女のせいだ。

この女の弱っている姿を見るだけで、自分の中にある殺意が次第に薄れていく。

そしてつい、こう考えてしまう。

本当はこの女は紅竜(レッドドラゴン)でも何でもない、普通の女子高生なのでは、と。

こんな儚(はかな)げで脆(もろ)く、小さく、鼠(ねずみ)より弱そうな少女が、裏社会で恐怖の象徴とされている最強の殺し屋である筈がない、と。

そう、考えてしまうのだ。

ダランとナイフを持つ腕を下ろした後、猫丸は無言のままナイフを懐に戻す。

そして足から力が抜け落ちるようにラグに尻を着けると、苦しそうな表情で頭を抱えた。

「俺は……どうしたら…………」

目の前で標的(ターゲット)が眠っている。

けれどその少女は実は標的(ターゲット)でないかもしれない。

そうなった時、自分の取るべき行動とは何か？

必死に模索する。必死に頭を悩ませる。

だが一向に答えは出ない。

「頼む、誰か教えてくれ。俺は一体何をすればいい？　誰か、誰か……」

答えが欲しい。何でもいい。

この状況を解決出来る答えが……。

人生初にして人生最大の障壁を前に、猫丸は悶え苦しみ、今にも頭の傷口が開かれようとした——その時だった。

「黒木……くん」

一瞬、誰かが自分を呼ぶ声が聞こえた気がした。

空耳かと疑ったが、すぐにそうではないと気付く。

ふと顔を上げると、眠っていた筈の紅音がとろんとした顔でこちらを見詰め、布団の中から右手を差し出していた。

猫丸は一度眼を合わせた後、その差し出された右手をジッと見る。

少し体勢を前屈みにして、自分もゆっくりとその右手を伸ばし……。


「やっと繋いでくれた」

「うるさい……」

消え入りそうな声と共に満面の笑みを浮かべる紅音と、少し気まずそうに顔を逸らす猫丸。

掌に伝わる熱が血脈を通り、全身を辿る。

ただの握手なのに、顔が妙に熱く感じた。

「寝るんじゃなかったのか？」

「エヘへ、どうにも眠れなくって。変だね。こんなに疲れているのに、まだ眠りたくないって体が叫んでいるみたい」

「なんだそりゃ」

思わずクスッと笑ってしまう猫丸。

馬鹿馬鹿しい。とっとと寝た方が体の為だろうに。

こんな女の処遇についてアレコレ頭を悩ませていた自分が馬鹿みたいだ。

いや、もういい。今日だけは自分も馬鹿になろう。

難しい事は考えず、今やるべき事だけを考えよう。

そういえば、自分はここに看病をしに来たんだった。

「なあ、竜姫ってまだ昼食は摂ってないよな？」

「うん、もうお腹ペコペコ」

「もしよかったら、俺が何か作ってこようか？」

「いいよ別に。そこまでしてもらわなくっても……」

「遠慮するな。お粥くらいならすぐに用意出来るだろうから、少し待っててくれ」

そう言い残すと、猫丸は紅音の部屋を後にし、一階のキッチンへと向かった。

尚、この二十分後に持ってきた料理により、紅音が三途の川を渡りかけたのは言うまでもない。

◇

「危うく永眠するところだった……」

「す、済まん……」

猫丸の手料理を口にし、一時間程意識を失った後の事。

紅音は目覚めるや否や見舞いの品であるスポーツドリンクを一気飲みし、喉と胃の中をこれでもかと洗浄していた。

未だに意識は朦朧としており、体育祭の疲れのせいか、それとも猫丸の手料理のせいか、本人達には全く分からなかったが分からないままでいいとすぐに悟った。

「やはり、俺に料理は無理なんだろうか？」

「そんな事ないって言いたいけど、ゴメンね。私からは何も言えないや」

「ちゃんと竜姫の顔を思い浮かべながら作ってみたんだが……」

「……‼」

猫丸は腕を組みながら真剣な表情で頭を悩ませる。

やはり愛情とやらではカバーし切れない致命的な何かがあるのだろうか。

こんな惨めな自分を視界に入れたくないのか、紅音はベッドに横になるなり狭そうに布団の中へと潜り込んでしまった。

何故か耳が赤く染まっているが、それ以上に気になる点が猫丸の目に留まった。

「なあ、そのぬいぐるみ退かしたらどうなんだ？　どう考えても邪魔だろう」

猫丸は依然紅音の傍らでベッドの半分を占領している、巨大なドラゴンのぬいぐるみについて問い掛けた。

「どう考えても邪魔だろうし、なんならこっちで預かって……」

「やだ」

即答で拒否された。

「いや、でも寝づらそうだし。そのベッドと布団のサイズじゃ寝返りも打てないんじゃないか？」

「やだったらやだ！　この子が居ないと私は眠れないの！」

そんな枕みたいな事を……。いや、サイズ的な問題で枕よりも圧倒的に質が悪そうだ。ホテルや他人の家で寝泊まりする際は一体どうしているのだろう。

意地でも手放そうとしない紅音に呆れつつ、猫丸の視線と意識はそのぬいぐるみへと移った。

（どう見てもただのぬいぐるみだが……。まさかこの女、このぬいぐるみが手元から離れるのを恐れているのか？　となるとやはり、あの中には何か途轍もない物が眠っていて……）

ついまたこんな事を考えてしまう。

まだこの少女と伝説の殺し屋を同一人物だと思っている自分が居るのか、どうしても警戒してしまう。

「この子が気になるの？」

「あ、ああ、まあそんなとこだ」

こちらの意図を察してか、紅音が唐突にそんな事を訊ねてきた。

咄嗟に猫丸も答えてしまうと、その返答に紅音は「フーン」と呟き。

「この子はね、昔観てたアニメの主人公の相棒なの」

「主人公の……相棒？」

「そっ。名前はドラコ。とっても人懐っこくて可愛くて、とっても強くてカッコイイドラゴンなんだ」

「はあ……」

笑顔でそう語る紅音に、猫丸は淡泊な返事をしてしまう。

まるで一緒に映画を観に行った時と似たような反応をしてくる猫丸に、紅音はムッとした表情をして。

「ちょっと黒木君。せっかく説明してあげてるのに、なにそのドライな反応？」

「いや、たかがぬいぐるみに人懐っこいだの強いだの言われてもな」

「だからソレは私が昔観てたアニメの話！　ドラコは作中に出てくる登場キャラクターの中でも最強の生物で、口から吐くブレスは何でも燃やしちゃうし、主人公がピンチの時には必ず駆け付けるとっても仲間想いのドラゴンなんだよ」

「はあ……」

紅音の熱弁にまたしても淡泊な返事をしてしまう猫丸。

更に紅音の表情が強張っていくと、いち早く危険を察知した猫丸は話を拡げるよう努める。

「な、成程！　そんなに凄い生物なのか！　竜姫の一番好きなキャラクターは、そのドラコって奴なのか？」

「うーん、確かにドラコも大好きだけど、一番はやっぱり主人公かな」

仰向けになりながら腕を組み、少し頭を悩ませてから紅音は返答した。

その直後、「そうだ」と手を打った紅音は猫丸の方へと向き直り、

「黒木君ってさ、私の事どう見えてる？」

「なんだ急に？」

「いいからホラ、教えてよ。黒木君にとっての私って、どんな存在なの？」

何の前触れもなく、突然そんな事を訊いてきた。

紅音の事をどう見えているか。

端的に言えば最強の殺し屋。しかし文面まま伝える訳にもいかないし、今となってはその認識も改める必要があるのではと悩んでしまっている。

「非の打ち所がない超人で、言動が人より特徴的。そしてその全てがこちらの予想を上回り、勝てる要素なんて一つも……」

とりあえず妥協点としてこれまでの認識で話す事にした猫丸。『殺し屋』や『紅竜』といったワードは伏せ、これまで見てきた紅音の姿を思い出しながら次々と話していく。

正直、今の紅音とは正反対もいいとこだが、これについては後で考えるとしよう。

「いや、古文だけはこちらが上だったな」

「いやほとんど点数変わんなかったじゃん！　なに？　あれだけ持ち上げておいて、古文で最後にマウント取られるの私って？」

どうやら余計な事まで思い出してしまったらしい。

少なくとも、この点だけは今でも解釈一致かもしれない。

ガバッと起き上がると同時にツッコミを入れた後、紅音は再び横になりながら話を再開する。

「黒木君が見ているのはね、その主人公の真似(まね)をしている私だよ」

「主人公の……真似？」

意味がよく分からず、頭上に疑問符を浮かべる猫丸。

紅音が「そっ」という一言と共に頷(うなず)くと、更に話を続けて。

「私ってさ、昔っからとにかく弱い人間で……。体は弱いし、精神(こころ)も弱いし、おまけに人見知りは激しいし……。とにかくもう、色々と弱い人間だったんだよね」

それは、半ば独白に近いものだった。

「でね、そんな私を見兼ねてか、お父さんが言ってきたんだよね。『このアニメに出てくる主人公の真似をしてみなさい。そしたら少しは強くなれるかもしれないから』って。そりゃ、元々そのアニメは大好きだったし、その主人公も好きだったけど、だからってそれの真似をすれば強くなれるって根拠は無い訳じゃん？　私も聞いた時はバカみたいって思ったし、断ろうともしたんだけど……。結局頷いちゃったんだ」

猫丸はただ黙って聞き続ける。

あんな口調で話す主人公が存在していた事には些か驚いたが、ここで口を挟むのは野暮だ。

苦笑交じりに話す紅音の姿をジッと見ながら、猫丸は静かに話を聞き続けた。

「でも流石に恥ずかしくって。最初は家の中だけでしてたんだよね。お父さんの言ってた事を鵜呑みにした訳じゃないけど、当時の私は弱い自分が好きじゃなかったから……。だから家族の前でだけは、全力でその主人公の真似をするようにしたんだ」

尚も苦笑しながら話す紅音。

しかし次の瞬間、彼女から笑顔が消えてしまう。

「でもある日、お父さんとお母さんが家から居なくなっちゃって……。何日待っても、何週間待っても、何ヶ月待っても帰ってこなくて。それで私、外でも家でも一人でいる現実に嫌気が差しちゃったの」

その内容に猫丸は覚えがあった。

紅音との初めてのデートから数日後。彼女の両親について調べようと思い、様々な役所を渡り歩き、調べて回った。

そしてその結果、紅音の両親は三年前の九月に行方不明となっていた事が分かったのだ。

原因は不明。同日に事件や事故は無かったかも含め徹底的に調べたが、詳しい情報は一切手に入らなかった。

「でも死ぬ勇気なんて無い私はこう考えたんだ。こんな辛い現実どうでもいい。全部私の好きな世界にしてやるって。それで……」

「外でも好きな主人公の真似をするようになった、と」

最後の話をしようとした矢先、猫丸が発した言葉に紅音は無言で頷いた。

ああ、なんて極端な思想だろう。

現実から逃げる為に自分をフィクションの人物に置き換え、あまつさえ周りもフィクションの世界に置き換えるだなんて……。

きっとコレが彼女が周囲に『中二病』と呼ばれている所以なのだろう。

「ね？　だから本当の私は弱い人間なの。黒木君が思っているような人間は、最初っからどこにも居ない、嘘偽りの存在だったんだよ」

淡々と吐き捨てるように、紅音はそう告げた。

見捨てられるのを覚悟して。見限られるのを覚悟して。

今日この日が最後となるのを覚悟して、必死に涙を堪(こら)えながら紅音はそう言い放つと。

「でも俺は知っているぞ」

その潤んだ瞳を真(ま)っ直(す)ぐ見詰め、猫丸は真剣な顔付きで、

「俺は、強くなろうとしているお前を知っている。そんな人間を、俺は弱いと思わない」

そう、告げた。

思わず顔を真っ赤にしてしまう紅音。とても耐えられず、布団で顔を隠すと籠った声で返事をする。

「あ、ありがとう。でもそれはきっと、黒木君のおかげだよ」

「?　俺は何もしてないぞ」

突然のお礼に猫丸は首を傾(かし)げてしまう。

すると、「そんな事ないよ」という一言と共に、紅音は目元から上だけを布団からひょっこりと出し、

「私の現実は辛い事ばかりだった。けど今は……貴方(あなた)が居る。貴方が隣に居てくれる。それだけで私は、この辛い現実と戦える……」

猫丸の瞳を見詰めたまま、顔下半分が隠されていても分かるくらいの満面の笑みを浮か

べて、

「ありがとう、黒木君」

そう言って、紅音は再び眠りに就いた。

＋エピローグ＋

――体育祭から三日後。

土日と振替休日を挟み、教室は普段の空気を醸しながら賑わっていた。

当然、その賑わいの中に猫丸の姿はない。いつもの如く、自席から窓の外をぼんやりと眺め、日向ぼっこに興じていると、

「待たせたな諸君！　天地を統べ、神々をも平伏させる絶対的強者！　レッドドラゴンが今、貴様らの許に帰ってきたぞ！」

豪快な扉の開閉音と喧しい声が束の間の平穏の終わりを告げてきた。

「おはよう、竜姫。どうやら完全に復活したみたいだな」

「!!」

声のした方に向き直り、猫丸はいつもの通り瞳を紅黒に煌めかせて教室にやって来た紅音に挨拶をすると、何故か驚愕したまま紅音は出入り口の前で固まっていた。

「どうした？　鳩が豆鉄砲を食ったような顔をして」

「い、いや、まさかそちら挨拶をしてくるとは思わなくて……」

紅音の返答を聞き、猫丸は「そうだったか？」と首を傾げる。

なんにせよ、挨拶程度でそこまでリアクションを取れるとは、やはり騒がしい奴だ。

「おはようございます、黒木さん」

すっかりオブジェのように動かなくなってしまった紅音を教室内へ押し入れながら、九十九が猫丸に挨拶を交わす。

猫丸も「おはよう」と短く返した後。九十九は取り繕ったような笑顔を浮かべながら紅音を席へと運び、そのまま猫丸の許へと歩み寄って。

「それで？　紅音が貴方の思っている存在ではない……というのは理解して頂けましたか？」

耳元で囁くように、そう訊ねてきた。

声から殺気が零れているのが分かる。

背中に何か固い物を押し当ててきている点から、返答次第ではここで殺す算段なのだろう。

「正直、まだ完全には信じ切れないな……。アイツが一般人である可能性がある事は分かったが、だからといって紅竜(レッドドラゴン)である可能性も捨て切れん」

淡々と心の内を答える猫丸。

銃口を押し付けられたこの状況でもまったく動揺せず話している態度から、言葉に嘘偽りは無しと判断し九十九は「フーン」と呟(つぶや)くと。

「でも、紅音のお見舞いには行ったんですよね？　だったらついでに、紅音がまだ包帯を腕に巻いていたのかどうか確かめれば良かったのでは？」

猫丸が紅音の腕に巻かれた包帯を一番に警戒しているのを九十九は知っている。

彼に紅音は手も足も出せない強敵であると嘘の情報を流す為、屋上で敢(あ)えて腕の話題に触れたのだから。

もっとも、結果は望んでいたモノとは逆になってしまったが。

「無論その手も考えた。が、万一奴の封印が真実だった場合、俺の命が危ういだろう」

「大丈夫ですよ。そんな事あり得ませんって」

「いや、あり得る。それにお前が俺を消す為の方便という可能性も……」

「ないですってば！　なんなんですかまったくもう！」

猫丸の回答や見当違いの推測にしびれを切らし、九十九は思わず声を荒らげてしまう。

注目を集めてしまった事に気が付き、適当な愛想笑いを振り撒(ま)くと、九十九は大きなため息を吐きながら。

「まあいいです。先日の貴方に比べれば、少しは進展したという事でしょう。……そういえば、一つ気になる点があったのですが」

「？」

一人で勝手に納得するや否や、突然思い出したように問い掛けた。

「あの時、どうしてあんなセリフが出てきたんですか？」

「あんなセリフ？」

「ほらアレですよ、『俺は、強くなろうとしているお前を知っている。そんな人間を、俺は弱いと思わない』ってヤツ。普段の貴方なら絶対出てこないセリフだと思うのですが」

不思議そうに思いながら問い掛けを続ける九十九。

それは、普通なら出てこない筈の質問。

紅音の部屋に居なかった九十九の口からは決して飛び出る筈のない問いであった。

あの一室に、あの家には猫丸と紅音以外、確かに誰も居なかった。家の外にも神経を尖らせていたが、九十九の気配は毛程も感じられなかった。

なのにそれを聞いていたという事は……。

（やはり盗聴していたか……）

大方紅音を部屋に運んでいった際に部屋に盗聴器でも仕込んでいたのだろう。いや、あの女の事だ。カメラだってあってもおかしくない。

向こうもおそらくこちらが既に気付いていると察した上で訊いてきたのだろう。

思わずため息が出そうになる猫丸は、その質問に「ああ」と零した後。

「何をです？」

「お前と竜姫が夜遅くまで走り込みをしていたところだよ」

その回答に、九十九は眼(め)を仰天させた。

まさか、監視していたのか。通り過ぎていく人間は勿論(もちろん)、周囲に気配はないかずっと神経を張り巡らせていたのに。

「これは驚きですね。全く気付きませんでした……」

「俺だって成長するんだ。後れを取ったまま放置なんてしないさ」

自慢げに語る猫丸に対し、九十九は少しムッとした表情を浮かべる。

まったく、何なんだこの男は。

鈍感かと思えば変なところで勘が働き、鈍いかと思えば絶妙に鋭くなる時もある。

ただの勘違いバカだと思っていたが、どうやら少し評価を改めなくてはならないみたいだ。

「それに、あの女にいつまでも負けている訳にはいかないしな」

九十九が一人考えに耽っていたその時、猫丸の口から気になるセリフが新たに飛び出した。

「負けている？　貴方が紅音にですか？」

「当り前だ」

九十九の問いに即答する猫丸。

「仮に勘違いであったとはいえ、この俺をここまで翻弄させた人間など、表社会では勿論、裏社会でも出逢ったことがない」

そう続けながら、未だに朝の挨拶でモジモジしている件の少女を横目にし。

「こんな気持ちは初めてだ。今ではあの女に対する興味が止め処なく湧いている。無論、殺し屋としてでなく、一人の少女としてな」

「……！」

それはまるでプロポーズ同然の発言。

生憎当人の耳には届いていなかったようだが、代わりに耳にした九十九の口からは大きな、とにかく大きなため息が出た。

「ハアアアアアアアアアア……。まったく、なんって厄介な……」

「長いため息の割に、そこまで嫌そうな顔じゃないんだな」

「まあ、あの子の望みですから。貴方に隣に居てほしいという、ね」

困ったような笑みを浮かべながら、九十九も紅音の方を一瞥し、

「前にも言いましたが、私はあの子の忠犬であり、番犬なんです。あの子を護る事も使命ですが、同時にあの子の望みを尊重し、叶える事も使命なので」

今度は猫丸の方を見て、

「貴方がまたあの子に危害を加えようとしたその時は、容赦なく私も牙を剝きます。そうならない事を切に願いますよ」

と、釘を刺すように言いながら銃口を猫丸の背中から離した。

ようやく生死の賭かった尋問から解放され、猫丸が安堵のため息を吐いていると、

「どうか私の二の舞だけにはならないように……」

立ち去る寸前、九十九は最後にそう呟いて自分の席へと戻っていった。

(二の舞……？)

一瞬、訳の分からなかった猫丸。

(二の舞、贖罪……――まさか！)

しかしその意味に気付くのに、そう時間は掛からなかった。

筆舌に尽くし難い程の後悔と慚愧に憑りつかれた九十九の背中。最後の言葉からは、彼女の忸怩たる思いがありありと感じられた。

猫丸は頭を抱える。裏社会で最も冷徹であり冷血と思われていた最高の殺し屋が、まさかそんな姿に変わり果ててしまうだなんて。

（きっとコイツは何も覚えていないんだろうな……）

吃驚を喉の奥に押し込んだままその背中を見届けた後、猫丸は紅音の方へと眼を遣った。

いや、それでいいのだろう。これ以上の踏み込みは紅音の為にも九十九の為にもならない。

これは当人に口外せず、自分の胸に留めておいた方が最善だ。

（考えれば考える程複雑だな。まったく、一体どういう星の下に生まれてきたんだ、コイツは？）

警戒心とはまた違う、『興味』という名の意識。

まさか表社会の人間に、こんな感情を抱くとは思いもしなかった。

『何を嘆く必要がある。全力で臨んだんだろう？　ならいいじゃないか。誇れ、いつものように堂々と胸を張ってな』

思えばあのセリフも、彼女の努力を陰で見守っていたが故に出てきたモノかもしれない。

表では自分を絶対的強者だと叫び、裏では己を誰よりも弱い人間だと零す二面性。

そんな矛盾を背負う彼女に、いつの間にか自分は惹かれてしまっている。

しかし、

「なあ、竜姫」

「おはよう……おはようかぁ……。エヘへ」

「竜姫！」

「ふえっ⁉　な、なんだブラックキャット？」

未だにコードネームで呼ばれる度に体がビクッと反応しまう。

きっと警戒を解き切れていない証拠だろう。同時に、彼女をまだ伝説の殺し屋と混同している自分が居る証拠でもある。

（とりあえず、まずは接触を図らなくてはな。この勘違いを晴らす為に……。そしてこの女についてもっと知る為に……）

「その……アレだ。前にお前に連れてってもらったアジトがあったろう？　放課後もし空いていれば、また案内してほしいんだが……」

勇気を出し、声を振り絞って猫丸は誘う。

彼女の正体を確かめる為に、そして自分の気持ちを確かめる為に。

まずは一歩、踏み出すとしよう。

どんなに小さくてもいい。ゴールまでにはとても程遠い、とても小さな小さな一歩だとしても。それは紛う事なき、着実な一歩なのだから。

突然のお誘いを受け、紅音は一瞬固まってしまう。

しかし、すぐにその硬直は解け、喜びのあまり椅子を吹っ飛ばす勢いで紅音は立ち上がると、

「……！　ほう、どうやら貴様も気に入ったようだな。いいだろう、では共に戯れに往こうではないか！」

満面の笑みを浮かべながら、そう答えた。

＋あとがき＋

おはようございます。何故(なぜ)おはようございますと最初に言ったか、それは私がこのあとがきを書いている時間帯が早朝だからです。ええ、早朝です。早朝の5時半です。カーテンをシャーッと開けてみてもまだ薄暗い時間帯です。早起きだな〜って思いましたか？　残念、私まだ一睡もしておりませんでした。もうね、頭がフワフワです。普段ちっとも飲まないお酒を摂取し、アルコールでぶっ飛んだ脳で面白いあとがきを書くぞ〜って意気込んだつもりが脳をやられているせいで全く頭が働かないという本末転倒の事態を引き起こし。結果、酒酔いと眠気のダブルパンチを喰(く)らった最悪の状態でこのあとがきを書いています。やっぱダメですね。文章を書く場合はちゃんと頭が正常に働いている状態じゃないと。

という訳で自己紹介が遅れましたが……どうも、海山蒼介(うみやまそうすけ)です。初めまして、でいいですよね。一巻はあとがきが無かったので、こうして皆さんにメッセージを送れるのも今回が初ですし。初のあとがきという事なんでね、一体何を書いたらいいのかな～と思い、まずは友人や先輩方のあとがきを参考に読んでみたんですよ。そしたら大体「この作品を書く経緯」だったりとか、「自分という人間について」の自己紹介、あとは最後に「読者をはじめとする皆さんへの感謝」がフォーマットとしてあるなと感じました。私は普段あとがきまで目を通さず、作品を読み終えるとすぐ次の作品へと手を伸ばしちゃうので、こうして作家の方々の近況であったり作品への想(おも)いを知り、触れられたのは結構楽しかったですね。

とまあダラダラと語っていきましたが、自分もこのフォーマットに乗っかろうかと思います。今作のテーマは「殺し屋×中二病」という意外とあるようでなかった組み合わせのラブコメとなっています。そして中二病と聞くと、やはり大多数の方が某邪王真眼の出てくる有名ラブコメを想像し、この作品も某ダークフレイムマスターが主人公のあの作品をきっかけに書かれたのではと推測する方が多かったのかなと思います。しかしぶっちゃけると、私その作品まだ観(み)た事ないんですよ……。「まだ」っていう事は、いずれ観ようとは思っているのですがね。この作品はかつて週刊少年ジャンプにて連載されていた『斉木(さいき)楠雄(くすお)のΨ難』というギャグマンガにある、転校生としてやってきたもののクラスに中々馴(な)染(じ)めずにいた元・不良の男子高校生が突然中二病の男子高校生に話し掛けられ、その男子の中二病ワードがたまたま自身の不良時代と重なる展開が多く、共通の話題を持つ人が居て良かったと勘違いするシーンが元になっています。なので、カクヨムの方でこの作品を書いていた頃はラブコメの皮を被ったコメディ全振りの小説となっており、ヒロインの紅音も今よりずっと男の子っぽかったんですよね。ただ一応この作品のジャンルはラブコメですし、もっと話の内容を甘酸っぱくしていこうと改稿に改稿を重ねていったのが今の『隣の席の中二病（以下略）』となっています。意外でしたか？　この話を担当の編集者さんにした時もビックリしてましたよ。

さて、次は自己紹介でもしますかね。わたくし海山蒼介はありがたい事に今こうしてラノベ作家として活動させていただいていますが、高校三年生まではラノベというモノを一切読んだ事がありませんでした。しかし大学一年の夏、とある作品と出逢い私の人生は一気に急転します。その作品というのが『この素晴らしい世界に祝福を！』です。この作品はもう私の中で神ですね。ええ、断言してもいいでしょう。午後に特にやる事もなく、とりあえず観てみたアニメがあまりにも面白過ぎて「原作はどこだ！　ん？　ライトノベル？」となったのが全ての始まりです。そっからはもう早かったですね。半月程でスピンオフや外伝作品『あの愚か者にも脚光を！』を含むシリーズを全て読み込み、「自分もこんな面白い作品を書いてみたい」と思うや否や執筆を始め。そして何の因果か、第27回スニーカー大賞でありがたい事に特別賞を頂き、こうして『このすば』と同じレーベルで書籍を刊行出来るという……。ホント、人生何が起こるが分かったもんじゃないですね。

ではそろそろ謝辞の方に。

まずは担当の編集者さん。こんな問題しかない人間を支えてくださり、本当にありがとうございました。次に作品を出す時にはもう少しマシになりますので、どうか今後ともよろしくお願いいたします。え？　少しじゃ足りない？　……ハイ、頑張ります。

次に本作のイラストを担当していただいた海原カイロさん。一巻に引き続き、二巻も素敵なイラストを手掛けてくださり、ありがとうございました。自分のイメージよりも遥かに可愛くなって現れた紅音には本当に度肝を抜かれ、初めて猫丸と紅音のラフ絵を頂いた時の感動は今でもハッキリと覚えています。

続いて校正さんをはじめとする、この本の刊行に携わってくださった皆様。こんな若輩者を各方面からサポートしてくださり、本当にありがとうございました。

そして今この本を手に取り、あとがきまで丁寧に読んでくれているそこの貴方（ビシッ）！　無数ある書籍の中から本作を手に取ってくださり、本当にありがとうございます。貴方の、貴方がたの応援が無ければ、この作品が二巻を刊行する事はありませんでした。

本当に、本当にありがとうございます。

また皆さんにこうしてメッセージを送れる時を心より願い、祈り、そして想っています。

そんじゃ、したっけね！

読者アンケート実施中!!

ご回答いただいた方の中から抽選で毎月10名様に
「図書カードNEXTネットギフト1000円分」をプレゼント!!

URLもしくは二次元コードへアクセスし
パスワードを入力してご回答ください。

https://kdq.jp/sneaker

[パスワード：at8hw]

●注意事項
※当選者の発表は賞品の発送をもって代えさせていただきます。
※アンケートにご回答いただける期間は、対象商品の初版（第1刷）発行日より1年間です。
※アンケートプレゼントは、都合により予告なく中止または内容が変更されることがあります。
※一部対応していない機種があります。
※本アンケートに関連して発生する通信費はお客様のご負担になります。

スニーカー文庫の最新情報はコチラ!

新刊 / コミカライズ / アニメ化 / キャンペーン

公式X（旧Twitter）

[@kadokawa sneaker]

公式LINE

[@kadokawa sneaker]

友達登録で
特製LINEスタンプ風
画像をプレゼント!

隣の席の中二病が、俺のことを『闇を生きる者よ』と呼んでくる2

著　海山蒼介

角川スニーカー文庫　23681

2023年11月１日　初版発行

発行者　山下直久

発　行　株式会社KADOKAWA
〒102-8177 東京都千代田区富士見2-13-3
電話　0570-002-301（ナビダイヤル）

印刷所　株式会社暁印刷
製本所　本間製本株式会社

Printed in Japan　ISBN 978-4-04-113738-3　C0193

★ご意見、ご感想をお送りください★
〒102-8177 東京都千代田区富士見 2-13-3
株式会社KADOKAWA　角川スニーカー文庫編集部気付
「海山蒼介」先生
「海原カイロ」先生

角川文庫発刊に際して

角川源義

第二次世界大戦の敗北は、軍事力の敗北であった以上に、私たちの若い文化力の敗退であった。私たちの文化が戦争に対して如何に無力であり、単なるあだ花に過ぎなかったかを、私たちは身を以て体験し痛感した。西洋近代文化の摂取にとって、明治以後八十年の歳月は決して短かすぎたとは言えない。にもかかわらず、近代文化の伝統を確立し、自由な批判と柔軟な良識に富む文化層として自らを形成することに私たちは失敗して来た。そしてこれは、各層への文化の普及滲透を任務とする出版人の責任でもあった。

一九四五年以来、私たちは再び振出しに戻り、第一歩から踏み出すことを余儀なくされた。これは大きな不幸ではあるが、反面、これまでの混沌・未熟・歪曲の中にあった我が国の文化に秩序と確たる基礎を齎らすためには絶好の機会でもある。角川書店は、このような祖国の文化的危機にあたり、微力をも顧みず再建の礎石たるべき抱負と決意とをもって出発したが、ここに創立以来の念願を果すべく角川文庫を発刊する。これまで刊行されたあらゆる全集叢書文庫類の長所と短所とを検討し、古今東西の不朽の典籍を、良心的編集のもとに、廉価に、そして書架にふさわしい美本として、多くのひとびとに提供しようとする。しかし私たちは徒らに百科全書的な知識のジレッタントを作ることを目的とせず、あくまで祖国の文化に秩序と再建への道を示し、この文庫を角川書店の栄ある事業として、今後永久に継続発展せしめ、学芸と教養との殿堂として大成せんことを期したい。多くの読書子の愛情ある忠言と支持とによって、この希望と抱負とを完遂せしめられんことを願う。

一九四九年五月三日

きみの紡ぐ物語で

世界を変えよう。

第30回
スニーカー大賞
作品募集中!

大賞 300万円
+コミカライズ確約

金賞 100万円　銀賞 50万円　特別賞 10万円

締切必達!
前期締切
2024年3月末日
後期締切
2024年9月末日

詳細は
ザスニWEBへ

https://kdq.jp/s-award

イラスト／カカオ・ランタン